살다 보면 알게 될 거야

살다 보면
알게 될 거야

이귀현 글 · 사진

애송이 목사의
시골목회 이야기

좋은땅

오늘도 인생의 광야를
살아가는 이들에게

두메산골 : 도시에서 멀리 떨어진 깊은 산골이나 사람이 많이 살지 않
는 변두리.

제가 있는 이곳을 표현하는 말입니다. 사람보다는 동물들이, 인공적인
것보다는 자연 그대로의 모습을 간직한 것들을 주변에서 쉽게 볼 수 있습
니다. 나는 감히 이곳을 광야라고 부릅니다. 두메산골이라서 광야가 아
닙니다. 시골이라서 광야가 아닙니다. 장소가 나를 정의하지 않습니다.
이곳을 광야라고 부르는 것은 내가 나아갈 바를 알지 못했기 때문입니
다. 무엇을 해야 하는지, 무엇을 감당해야 하는지 알지 못했습니다. 막막
함과 두려움, 불안과 걱정, 한숨과 눈물 앞에서 어찌해야 할지를 알지 못
했습니다. 그제서야 이곳이 광야인 것을 깨달았습니다. 그래서 이곳에서
여전히 오늘도 하나님의 도우심을 구하며 살아갑니다.

이 책을 처음부터 계획하지 않았습니다. 도시에서 목회를 감당하다가

준비되지 못한 모습으로 산속으로 왔습니다. 이곳을 향한 부름을 소명이라 여겼지만, 시골에 오니 기대하던 것과는 다른 일상이 놓여 있었습니다. 그때 다가왔던 것은 감당할 수 없는 다양한 모습의 막막함이었습니다. 그리고 막막함 뒤에 숨겨져 있던 거대한 감정의 소용돌이는 나를 절망으로 이끌었습니다. 돌파구가 절실했던 절망의 끝에서 나는 몇 가지 이유로 글을 써 내려갔습니다.

첫 번째로, 흘려보내기 위함이었습니다. 내가 서 있는 곳은 상처가 많은 곳이었으므로, 목사로서 교회와 성도들이 안고 있는 아픔과 상처를 받아 주어야 했습니다. 나 역시도 그릇이 큰 사람은 아니었기에 스며든 상처와 아픔을 어떤 식으로든 흘려보낼 필요가 있었습니다. 잊어버려야 했습니다. 기록하면서 아픈 마음을 흘려보내야 했습니다. 어긋난 감정을 다른 이들에게 전달하지 않기 위하여 글을 적어 갔습니다. 상한 감정을 정리하여 다른 이들에게 전달하지 않고자 기록하였습니다.

두 번째로, 돌아보기 위함이었습니다. 이곳을 선택하고 살아가는 모든 순간이 하나님의 은혜가 아니었을 때가 없었습니다. 마치 마르지 않는 샘물처럼, 광야와 같은 일상에서 생수가 터져 나왔습니다. 매일 은혜라 고백하면서도 기록하지 않으니 받은 은혜가 스쳐 지나갔습니다. 지나가니 은혜가 은혜로 느껴지지 않았습니다. 그래서 기록했습니다. 때마다 부어 주시는 은혜와 돕는 손길, 동행하시는 흔적을 잊지 않고 돌아보기 위함입니다. 기록하지 않을 때는 희미한 흔적으로 남아 있었지만 기록하니 시간에 새겨진 간증이 되었습니다.

세 번째로 잊지 않기 위함이었습니다. 이곳에도 하나님의 사람은 있습니다. 평생 믿음을 지켜 가며 주님의 제자로서 살아가는 사람들이 있습니다. 때로는 잘못된 선택을 할 수 있지만, 이들의 삶 자체가 잘못된 것은 아닙니다. 이들도 여전히 하나님 앞에서는 귀중한 자녀요, 백성임을 저는 알고 있습니다. 그렇기에 이들과 함께한 시간이 너무나 소중합니다. 더욱이 시골은 1년 365일을 함께 얼굴을 마주하고 살아갑니다. 이들과 함께한 소중함의 정도가 마치 단리가 아니라 복리로 계산되는 것 같습니다. 이들과 함께한 시간을 잊지 않기 위해서 특별히 이 땅에서의 삶을 마치고 천국의 삶으로 부름받은 성도들을 기억하기 위해 기록하기 시작했습니다.

기록하니 흘러갔고, 기록하니 돌아볼 수 있었으며, 기록하니 잊지 않고 기억할 수 있었습니다.

시골의 시간은 참으로 느리게 흐릅니다. 하루하루가 변함이 없이 일정하게 지나가는 것 같습니다. 특별한 이벤트가 없습니다. 그러나 이곳에서 살아 보니 일상 속에 수많은 보석이 박혀 있는 것을 발견하게 되었습니다. 성도들이 보석입니다. 믿음으로 사는 일상이 보석입니다. 그래서 나는 시골목회의 핵심이 평범한 일상의 축적에 있다고 믿습니다. 하루하루 쌓여 가는 평범한 일상 속에서 보석과 같은 은혜의 분량들을 찾아가는 것. 발견해 내는 것. 그 보석과 함께 오늘을 살아가는 것이 시골 목사의 의무이자 책임이라고 믿습니다.

6

때로는 어린아이의 낙서처럼 어설프지만, 묵묵히 적어 갔습니다. 때로는 학생의 과제처럼, 억지로나마 기록하였습니다. 때로는 소녀의 일기처럼, 비밀스러운 감정을 솔직히 써 내려갔습니다. 때로는 학자의 메모처럼 순간의 생각들을 촘촘히 새겨 넣었습니다. 두메산골, 이 향방 없는 광야의 한복판에서 주님과 함께하는 시골의 일상, 그 시시콜콜한 이야기들을 담았습니다.

버거운 광야 길을 걷다 보니 발자국들이 모여 길이 되었습니다.
황량한 광야에서 흘렸던 눈물방울들이 모여 샘이 되었습니다.
고된 광야에서 내뱉던 신음은 이제 주님을 향한 노래가 되었습니다.

오늘도 저마다의 광야를 살아가는 사람들에게 전하고 싶습니다. 우리는 인생이라는 광야 가운데 길을 만들고, 샘을 만들고, 노래하는 사람들이라고. 주님과 함께 걷는 이 광야에서 당신의 노래가 계속되기를 바랍니다.

시골 목사 이귀현

차례

1장 살며, 기도하며

2장 살며, 사랑하며

3장 살며, 노래하며

4장 살며, 살아가며

살며,
기도하며

최고의 선택

한창 도시에 있는 교회에서 부목사로서 교구 사역과 청년 사역을 감당하던 그때, 갑작스러운 전화를 받았다. 시골에 분쟁 중인 있는 교회가 있는데, 이곳에 부임하여 사역해 볼 생각이 있느냐는 전화였다. 오랜 기간 목사님과 성도들, 성도들과 성도들의 분쟁으로 교회가 폐쇄 위기에 있다고 하였다. 그래서 목사님이 오셔서 분쟁을 수습하고 교회를 세워 가셨으면 한다는 내용이었다.

너무나 당황스러웠다. 선택의 순간은 이렇듯 예고하지 않고 갑자기 다가왔다. 좋은 것과 더 좋은 것을 선택하는 순간이 아니라, 좋지 않은 것과 더 좋지 않을 것을 선택하는 자리였다. 선택할 이유가 하나도 없는 그래서 마땅히 고민의 범주에도 들지 못하는 그런 제안이었다. 적어도 그 순간에는 그랬다.

"자기는 만약 시골에서 목회를 해야 한다면 할 수 있을 것 같아?"

"뭐. 나쁘지 않지. 나는 시골 출신이니까. 시골 사람이 시골에 가서 목회하는 게 좋지 않을까?

어느 곳이든 목회할 수만 있으면 감사하지. 그런데 그럴 일이 나에게 올까?"

전에 아내와 이런 주제로 대화를 나눈 적이 있었다. 이런 주제로 이야기를 나누었는지도 명확하지 않았다. 말 그대로 지나가던 질문이었다. 스치듯이 지나가던 질문은 얼마의 시간을 돌고 돌아 이제 나에게 명확한 답을 요구하고 있었다.

나는 시골 출신이다. 이곳 무주 옆에 있는 진안에서 청소년기까지 보냈다. 그러니 시골 출신인 나에게는 귀향인 셈이다. 아내 역시도 섬 교회 목사의 딸로 평생을 살았다. 고등학교를 다닐 때까지 작은 배를 타고 드나드는 것을 계속했었다. 그랬기에 시골이라는 장소가 부정적으로 다가오지는 않았다.

전화가 온 그날 저녁, 아내에게 어떤 결정을 해야 할지를 물었다. 답은 "갈 수 없을 것 같다."였다. 이유는 한 가지, 당시 자녀들이 너무나 어렸다. 첫째가 5살, 둘째가 3살이었다. 마땅한 병원, 소아과 하나 없었던 곳을 선택할 이유는 없어 보였다. 우리 부부에게 있어서 가장 두려운 것은 아이들이 아팠을 때, 적절한 의료 서비스를 받지 못할 것이라는 걱정이었다. 시골에 가야 하지 않을 이유는 수십, 수백 가지이었지만 이곳에 부임해야 할 이유를 찾기란 쉽지 않았다. 그러면서 '아이들이 조금만 컸으면 기꺼이 갔을 것이라고.' 말하며 부르심 속에서 도피처를 찾았다. 그렇게 우리는 있는 곳에 충실하기로 했다.

얼마의 시간이 지났을까? 다음 날 새벽, 아내가 울면서 말했다.
"우리, 어떻게 하지? 시골에 가야 하나 봐. 기도해 보니 가야 할 것 같아!"

"우리가 시골에 가야 할 이유가 있으면, 걱정하지 말고 가자. 갈까 말까 하면 가는 거야. 만약 가지 않아야 할 명확한 이유가 있으면 가지 않아야 하는 것이지만, 머뭇거리고 있는 것이라면 가는 것이 맞는 것 같아. 그러니 걱정하지 말고 가자!"

우리는 그렇게 가지 않겠다고 결정한 지 채 몇 시간이 되지 않아 시골에 가기로 결정했다.

시골로 가기로 마음을 먹으니 가지 않을 이유들이 사라졌다. 비가 오기 전에는 옷이 젖을까 걱정한다. 그러나 비가 내리고 비를 흠뻑 맞으면, 옷이 젖을까 봐 걱정하지 않게 된다. 도리어 빗속에서 자유롭게 된다. 비를 맞으며 춤을 추고, 빗속에서 노래하게 된다.

시골에 가기로 결정하니 마음에 평안이 찾아왔다. 걱정은 걱정일 뿐, 걱정을 많이 한다고, 오래 한다고 더 좋은 선택을 하는 것은 아니다. 너무 많은 생각은 더 좋은 선택을 막는 이유가 되곤 한다. 그것이 어떠한 것이든 하나님의 부르심이라면 최고의 선택일 수밖에 없다. 우리는 기꺼이 최선의 선택을 했고, 하나님께서는 우리의 선택을 최고의 선택으로 만들어 주셨다.

돌아보니 그렇게 마음먹는 순간이 나에게는 가장 믿음이 충만할 때였다. 어느 하나 대책이 없는 결정이었지만, 모든 것을 채워 주실 것이라는 확신이 있었다. 가고자 마음먹으니 가야 할 이유들이 차고 넘쳐 났다. 도리어 가지 않으면 안 되는 이유들이 보였다.

16

나는 확신했다. 시골교회로의 요청이 나를 향한 부르심인 것을. 지금껏 강단에서 외치던 하나님의 말씀을 이제는 삶으로 확증하라는 지시였던 것을. 많은 것을 소유하고 붙잡으려 살아가고 싶었던 내 마음에, 이제는 모든 것을 내려놓고 떠나라는 명령이라는 것을.

영원한 방문객

시골교회에 나아가기로 결정하고 성도들의 허락을 받기 위해 수요예배 설교를 하게 되었다.

첫 만남. 두렵고 떨리는 마음으로 오랜 시간 운전을 하여 무주로 내려왔다. '어떤 교회일까? 어떤 성도들일까?' 기대와 설렘도 있었다. 예배를 마치고 교회 교육관에서 성도들과 잠시 다과를 나누었다. 이곳에서 예배에서는 느낄 수 없었던 파괴적인 감정들을 마주하게 되었다.

보통은 목사가 부임하게 될 때 관심은 '새로운 목사'에게 맞춰지기 마련이다. '새로운 목사의 설교가 어떠한가?, 부임하는 목사가 어떤 사람인가? 어떤 인상인가?'와 같은 것들이다. 그러나 그 자리는 오는 목사의 자리가 아니라 떠나는 목사에게 관심이 맞추어져 있었다. '나'라는 목사가 부임하는 것이 중요한 것이 아니었다. 전임 목사를 '어떻게 하면 빨리 내보낼 수 있을까, 빨리 떠나게 할 수 있을까?' 하는 것이었다. 적어도 나는 그 자리에 있으나 마나 한 그런 존재였다. 오랜 분쟁 속에 각자의 상한 감정에 몰입된 이들에게 나는 없는 존재와 같았다.

성도들 사이에 이견이 생기면서 고성이 오가기 시작했다. 당시 문제를 수습하기 위해 노력하셨던 노회장 장로님은 고성이 오가는 성도들 사이에서 진땀을 빼야 했다. 이방인의 시각으로 교회와 성도를 보면서 '이곳이 과연 교회일까'를 생각했다.

전에 청년 시절 새벽 청과물시장에서 일했던 적이 있었다. 평소에는 한없이 친근하고 가까운 사이. 마치 피를 나눈 형제, 자매처럼 생활하다가 조금이라도 서운한 일이 생기면 폭언과 욕설이 오가곤 했다. 거기에서 그치는 것이 아니라 주변에 있는 맥주병을 깨어 흉기를 만들고 협박을 했다. '나도 죽고 너도 죽어야 한다'는 인간성의 그 밑바닥을 시장에서 경험했다. 물론 고성이 오갔던 그 시간에 실제 행위는 그렇지 않았지만, 성도들의 눈 속에서 새벽 시장에서 보았던 분노와 성도들의 얼굴에서 조절할 수 없는 진노의 흔적을 보았다.

3시간이 넘도록 운전을 하면서 집으로 돌아오는 길에 '과연 내가 가야 하는 곳인가'를 묻고 또 물었다. 내 자리가 아닌 것처럼 느껴졌다. 그리고 깨달았다.

'아마도 나는 이곳에서 영원한 방문객으로 남겠구나!'

쉬운 길이 아님을 직감하고 있었지만, 이곳은 나의 길이 아니라는 생각이 들었다. 내가 환영받기를 소망했던 것은 아니었지만 그렇다고 손님으로 여겨지는 것도 원하는 것은 아니었다. 내 길이 아니라 생각하니 막막함이 몰려왔다. 그러나 막막함에 매몰되어 있을 수 없었다. 내 눈앞에는 상처에 피 흘리는 성도들이 있었고, 고통 가운데 신음하는 교회가 있었다. 주님의 몸 된 교회는 든든히 서가야 하기에, 주님의 피 값으로 산 성도들은 평안 가운데 나아가야 하기에 주저할 여유가 없었다.

'내가 무엇을 할 수 있을까? 내가 무엇을 해야 하는가?'

오로지 내가 감당해야 할 것에 집중했다. 나는 이것을 위하여 부르심을 받았으므로. 내 앞에 있는 장애물을 하나하나를 극복하는 것으로 부르심에 순종하기로 결심했다. 결과는 나의 몫이 아니었다. 목사가 아니면 어떠한가. 교회와 성도를 세워 갈 수만 있다면 손님도 나쁘지 않으리라.

그렇게 나는 이곳 무주에서 목사가 아닌 방문객으로 살기로 결심하고 첫 발걸음을 내디뎠다.

살다 보면
알게 될 거야

애송이

목사로 안수 받은 지 얼마 되지 않았을 때의 일이다. 담당하고 있는 교구에 속해 있는 은퇴 권사님이 넘어지셔서 엉덩이뼈가 부러지는 사고를 당하셨다. 급히 병원으로 심방을 갔다. 도착하니 은퇴 권사님의 장녀가 어머니를 돌보고 계셨다. 서울에 있는 큰 교회를 섬기는 권사님이셨다. 이때 따님 권사님의 나이도 70세에 가까웠다. 권사님과 가족들에게 인사를 드렸다. 딸 권사님께서 나에게 말했다.

"아이고! 애송이 목사가 왔네!"

순간 내 귀를 의심했다. 아마도 본인이 속으로 한다는 말이 입 밖으로 나온 것 같았다. 따님 권사님도 많이 당황하는 눈치였다. 본인 나이에 비하면 이제 목사가 된 지 얼마 되지 않은 내가 애송이처럼 보였을 것이다. 무엇보다 애송이 목사가 왔다는 것은 담임 목사가 오지 않고, 교구 담당 목사가 왔다는 서운함의 표현이었을 것이다.

심방을 마치고 돌아오는 길. '애송이 목사'라는 그 단어가 머릿속을 떠나지 않았다.

놀라운 것은 '애송이'라는 그 단어가 목회하는 지금도 머릿속을 떠나지 않고 있다는 점이다. 도리어 '애송이'라는 송곳과 같은 단어가 나의 중심을 잡게 하는 하나의 큰 기준점이 되었다. 남이 애송이라 말하니 참으로 섭섭했지만, 내가 나에게 애송이라 하니 도리어 위로가 되었다. '그래 내가 애송이구나!' 인정하니 세상을 보는 눈이 달라졌다.

이전까지는 남에게 잘못을 지적받거나 꾸지람 듣는 것을 극도로 싫어하여, 나 자신에게 심한 채찍질을 했었다. 극심한 스트레스 속에 목회를 감당해야 했다. 더 잘하고 싶었고, 완벽해지고 싶었다. 남보다 뛰어나고 싶었다. 그러다 보니 나는 나를 인정하지 못했다. 늘 조급했고, 성장할 수 있는 기다림을 허락하지 않았다. 그러나 자신을 스스로 애송이로 인정하니 여유가 생겼다. 부족함과 연약함 속에서 성장할 수 있는 길이 보이기 시작했다. 나를 찌르는 말이라 생각했는데, 받아들이니 나를 성장하게 하는 디딤돌이 되었다.

신학대학원에 다닐 때에도 나는 늘 막내였다. 목회자들 사이에서도, 목사가 되고서도 나는 늘 막내였다. 나이도 연소했을뿐더러 실력 면에서도 연약했다. 스스로는 부족함이 없다고, 다 잘할 수 있다고 자부하면서도 마음속에는 늘 최고를 향한 무거운 짐을 지고 살았다. 그때까지만 해도 내가 애송이인 것을 인정하지 못했다. 그러니 버거울 수밖에.

무주에 담임목사로 부임하고 보니 이곳에서는 진짜로 '애송이'였다. 무주지역 목사님들 중에서 가장 막내였다. 목회 연수도 가장 적었다. 인생의 경험으로나 목회 경험으로나 어느 하나 나은 것이 없었다. 객관적으로 다른 목사님들과 비교해 봐도, 내세울 만한 것이 어느 하나 없는, 감히 비교할 수 없는 애송이였다. 존경스러운 목사님들이 무주의 높은 산 같이 서 있었다.

그렇듯 나는 늘 애송이였다. 애송이라는 이 마음이 나를 다른 곳에 곁눈질하지 않도록 바로잡아 주었다. 겸손하지 않은 사람이 조금이라도 겸손히 살 수 있도록 계기를 마련하여 주었다. 애송이가 애송이로 남아 있어서는 아니 되기에 부지런히 노력할 수밖에 없다. 이제는 주변의 선배 목사님들의 귀한 사역을 닮아 가기에 노력해야 한다.

가끔은 그런 생각을 한다. 하나님께서 나를 교육하시기 위해 이곳에 부르신 것을 아닐까 하고. 이제 애송이의 껍질을 벗고 더 나은 목사가 되기 위한 배움의 시간은 아닐까 하고. 시골목회 20여 년이 넘도록 묵묵히 부르심에 순종하며, 성도들을 섬겨 가는 선배 목사님을 보면서 나 역시도 애송이의 껍데기를 벗고, 참 목사로 거듭나기를 소망한다.

나는 지금 이곳에 '애송이'로 서 있다.

듣는 마음

상처 많은 교회. 어쩌면 상처뿐인 교회.

이사하는 날, 성도들의 눈빛에는 이방인을 경계하는 눈빛이 역력했다. 목사를 신뢰하지 못하는 것은 물론이요, 부임하는 목사가 '내 편'일까 '니 편'일까를 조심스럽게 가늠하고 있었다. 소위 '간'을 보고 있었다. 첫 예배를 드리는데 강단에서 보니 오른편에 앉은 사람과, 왼편에 앉은 사람이 각기 다른 생각을 가지고 있음을 본능적으로 느낄 수 있었다.

한동안 교회의 분쟁을 수습하기 위해 성도들을 찾아다녔다. 들어주고, 들어주고, 또 들어주었다. 들어주는 것 외에는 내가 할 수 있는 것이라고는 없었다. 한 번에 만남에 3시간, 4시간으로는 부족했다. 그렇게 한 달을 성도들을 찾아다니며 듣는 일을 그치지 않았다.

어느 날은 반대편의 이야기만 들어준다고, '목사님은 저쪽 편이냐?'고 '우리를 버린 것이냐?'고 질책하기도 했다. 그렇듯 당시에 교회 안에는 '우리'는 없었다. '너'와 '나'만 있었다. '내 편'과 '네 편'만 존재했다. 당장이라도 억울하고 속상한 마음에 '나는 그런 사람이 아니다'라고 해명이라도 하고 싶었지만, 나는 화평케 하는 이로 왔으니 스스로 마음을 다잡아야 했다. 묵묵하게 찾아가고 듣는 일을 그치지 않았다.

성도들의 말을 듣는 데 있어서 절대로 내가 판단하지 않았다. 목사는 재판관이 아니다. 결정하는 사람이 아니다. 적어도 분쟁에 있어서는 목사의 사심이 들어가서는 결코 안 된다. 내가 판단하는 순간 성도 어느 누구는, 죄인이 된다. 내가 옳고 그름을 판단하면 둘 중 어느 쪽은 나쁜 쪽, 나쁜 편이 된다. 그렇기에 우리의 문제에 있어서는 옳고 그름을 따지는 것은 의미가 없다. 서운하고 더 서운한 이야기들로 받아들여야 한다. 서운한 마음은 진심으로 받아 주면 될 일이다. '얼마나 목사가 진심으로 받아들이고 성도들의 삶을 이해하는가'가 관건이다.

대부분 교회의 분쟁에 있어서 목사는 옳고 그름을 따지려고 한다. 성도들도 옳고 그름을 모르지 않는다. 이미 옳고 그름은 스스로 알고 있다. 내가 틀리지 않았음을 인정받고 싶을 뿐이다. 사람들 사이의 문제 중에서 100% 옳고, 100% 그른 일이 있겠는가. 교회 내 분쟁에 중심에 있는 사람들은 가해자이자, 피해자이다. 그러니 분쟁의 중심에서 해결을 원하는 사람은, 옳고 그름의 함정에 빠져서는 안 된다.

양쪽의 이야기를 듣고 보니 결론적으로 "저쪽이 잘못했다."라고 서로 주장했다. 또한 "저쪽이 먼저 시작했다."라고 분쟁의 원인을 상대편에서 찾았다. 이때까지는 답을 찾을 수 없었다. 그러나 지치지 않고 공감과 소통으로 대화를 하다 보니, 마지막에는 "우리도 잘한 것은 없다."라고 나지막이 말했다.

　진실한 대화는 자신을 돌아보게 한다. 여기에까지 이르렀다면 해결의 실마리가 보인 것이다. 서로가 잘못했다고 주장하면 끝이 보이지 않는다. 그러나 나에게도 잘못이 있다고 인정하는 순간, 이제 서로를 향해 몸을 돌린 것이다. 마주 보기로 결심한 것이다. 이처럼 분쟁은 서로 중점에서 만나야 한다. 서로 양보하고 서로 손을 내밀어야 한다. 중점으로 이끄는 힘, 그것은 사심 없이 듣는 마음에서 시작되고 완성된다.

두 날

시골로 부임하여 맞이하는 첫 번째 주일 새벽, 이곳에 이사 온 지 이틀째가 된 날이었다.

전임 목사님께 주일 새벽에는 새벽예배는 드리지 않는다고 인수인계를 해 주셨다. 이유인즉, 원래는 주일 새벽예배를 드렸는데, 어른들이 주일예배에 집중하지 못하고, 예배 시간에 졸기 때문에 제직회에서 주일 새벽예배를 드리지 않는 대신 주일예배에 더 집중하자고 결의하셨다고 한다. 충분히 일리가 있었고, 무엇보다 제직회에서 함께 결정한 사항이기에 별다른 의견 없이 따르기로 마음먹었다.

토요일 저녁, 처음 맞는 주일예배이기에 나름 준비도 많이 하고 마음도 많이 쏟았다. 혹시나 부족한 것이 있지는 않은지, 빠진 것이 있는가 하여 여러 번 확인하고 저녁 12시가 넘어서야 잠을 이루었다. 무엇보다 주일 새벽예배가 없다는 사실에 마음을 놓고, 주일예배에 모든 초점을 맞추고 준비한 것이다. 걱정 반, 설렘 반으로 잠자리에 들었다.

주일 새벽, 4시 20분.

"쾅!쾅!쾅!" "목사님! 목사님!"

잠결이지만 목사를 부르는 소리에 놀라서, 반바지 차림으로 사택 밖으로 뛰어나갔다. 나는 잠이 들면 옆에서 아무리 깨워도 일어나지 못하는데, 어떻게 집 밖의 소리에 잠이 깨었는지 놀랍기만 하다. 늦가을이지만 무주 산속인지라 겨울이 빨리 오기에 제법 추웠다. 부르는 소리에 나가보니 원로장로님이 찾아오셨다.

"목사님! 어디 아프셔요?"
"아니요! 장로님. 무슨 일 있으신가요?"
"목사님! 왜 새벽예배를 안 나오십니까?"
"장로님. 그게 무슨 말씀이세요? 제가 듣기로는 주일 새벽에는 새벽예배가 없다고 들었습니다."
"누가 그런 이야기를 합니까? 왜 새벽예배가 없습니까? 새벽예배가 없는 교회가 어디 있습니까?"

원로장로님의 역정이 시작되었다.
"목사가 말이야. 예배나 범하고. 무슨 목사가 새벽예배를 안 드리는 경우가 어디 있습니까?"
"장로님! 화만 내시지 마시고, 잠깐 진정하시고 제 말 좀 들어보세요!"
"무슨 말을 듣습니까? 새벽예배도 범하면서!"
"장로님! 그렇게 말씀하시지 마시구요. 그렇게 말씀하시면 제가 예배를 범한 목사밖에 안 되는 것이구요. 제가 이유가 있지 않았겠습니까? 마냥 화만 내지 마시고 들어보세요. 장로님! 저는 이전 목사님께 인수인계 받기로 주일 새벽예배는 드리지 않기로 성도님들과 결정하셨다고 들었습니다. 아닌가요?"

"아이고! 나는 모르겠고 목사가 새벽예배를 드려야지. 예배를 범하고 말이야!"

그렇게 역정을 내시고는 집으로 돌아가셨다.

갑자기 모르는 사람에게 뒤통수를 맞은 듯한 황당함에 5분이 넘도록 멍하니 마당에 서 있었다. 이런 상황이 꿈인지 생시인지도 분간이 가지 않았다. 추운 새벽에 반바지를 입고도 추위를 느끼지 못할 정도로 경황이 없었다. 쿵쾅거리는 심장. 무엇보다 마음을 추스르기가 너무나 버거웠다.

주일예배, 주일 설교를 앞둔 몇 시간 전. 참담했다. 어찌할 도리 없이 홀로 바닷속에 던져진 듯했다. 깜깜한 심연 속으로 빨려 들어가 질식을 목전에 둔 사람과 같았다. 자다가 일어났는데 갑자기 나는 목사도 아닌 사람이 되어 있었다. 나는 가만히 있었을 뿐인데 나의 모든 것이 부정당하는 느낌이었다. 내 가슴에 비수와 같이 꽂힌 말이 빠지지를 않았다.

"목사가 예배나 범하고 말이야!"

하룻밤 아니 몇 시간을 자고 일어났더니 예배를 범하는 목사가 되어 있었다. 그 말 한마디가 마음에 박혀, 강단에 설 용기가 서지 않았다. 새벽에 차가운 말 한마디가 나를 강단에 설 수조차 없는 존재로 만들었다. 그 말을 듣는 순간, 나는 목사가 아니었다. 얼마나 억울하고, 얼마나 답답하

던지. 모두가 잠들어 있는 그 새벽, 집에 들어와 방바닥에 주저앉았는데, 얼굴에선 끊임없이 눈물이 흘러내렸다. 홀로 마음을 다스리고 다스리고 다스려야 했다. 어떻게 주일예배, 오후예배를 드렸는지 잘 생각이 나지 않는다. 오후예배 후에 임시로 제직회를 열었다. 안건은 '주일 새벽예배에 관한 건'이었다.

성도님들께 질문을 했다.

"성도님들! 제가 듣기로는 이전 목사님과 주일 새벽예배를 드리지 않기로 합의하고 결정하셨다고 들었는데 이것이 사실입니까?"

서로가 눈치만 볼 뿐, 아무런 대답이 없었다.

"제가 여러분을 탓하는 것이 아니라 상황을 파악하려는 것이니까 있는 그대로 말씀해 주세요."

"네. 결정한 사항이 맞습니다."

"그러면 주일 새벽예배를 다시 하기 원하십니까?"

역시나 눈치만 볼 뿐 아무도 대답하지 않았다. 잠시 후 원로장로님이 말씀하셨다.

"새벽예배 하기를 원합니다."

모두가 주일 새벽예배는 부담스러운 눈치지만, 누구 하나 손을 들고 말할 용기가 없어 보였다. 머뭇머뭇. 새벽예배에 나오시는 분들은 대부분 여자 성도들인데, 주도적으로 자신의 의견을 개진할 의욕이 보이지 않았다. 우리 교회뿐 아니라 무주 나아가 시골에서 나이 든 여성들이 자신의 주장을 말하는 경우는 손에 꼽을 정도다. 가부장적인 시대를 살아온 시골 여성들의 삶이 이러했다. 여자들만 그런 것이 아니라 남자들도 크게 다르지 않았다. 남자 성도들도 어느 하나 말하지 못하였다. 원로장로님은 교회에서뿐 아니라 마을에서도 어른이고, 혈연지간으로 연결되어 있기 때문에 자신의 의견을 주도적으로 말할 수가 없다. 무엇보다 부모님보다 더 나이가 많으시니 원로장로님의 뜻을 거스를 수가 없는 것이다.

"그래요. 장로님. 주일 새벽예배 하시지요! 성도님들이 새벽예배를 하자고 하시는데, 목사가 안 할 이유가 있겠습니까? 당연히 해야지요! 하십시다. 다음부터는 원하시는 것이 있으면, 미리 말씀하셔서 제직회에서 결정하시면 됩니다. 예배드리는 것이 화낼 일은 아니지 않습니까? 그러니 함께 결정하면 됩니다."

왜 하고 싶은 말이 없겠는가? 왜 따지고 싶은 마음이 없겠는가? 목사의 마음에는 억울한 마음도, 서운한 마음도, 상한 마음도 그대로였지만, 아무 일도 없었다는 듯이 그렇게 넘겨 버렸다. 제직회를 마치고 성도들이 집으로 돌아간 텅 빈 예배당에서 목사는 상처 나 깊게 패인 마음을 도닥였다.

"하나님! 이게 교회입니까? 우리에게 앞날이 있습니까? 예배를 범하는 목사가 무엇을 할 수 있습니까?"

뺄 수도 밀어 넣을 수도 없는 대못이 가슴에 박힌 채로 텅 빈 예배당에 앉아 눈물을 흘렸다. 이것이 피인지, 눈물인지.

이사 온 지 이틀째. 이곳에 온 지 겨우 두 날이 되었는데…. 이른 새벽의 상처보다 앞으로 다가올 일들이 더욱 두려웠다. 얼마나 많은 대못이 가슴에 박힐는지. 과연 몇 가지나 감당할 수 있을는지.

말 한마디

부임한 지 한 달이 되지 않았을 때, 은퇴 장로 한 분이 찾아오셨다.

"목사님 주보 안 바꾸시나요?"

"장로님. 제가 이곳에 부임한 지 채 한 달이 되지 않았습니다. 교회 상황을 두루두루 살피고 있습니다. 먼저 해야 할 일이 있으니까요. 시간이 필요합니다. 주보라는 것이 맘에 안 든다고 쉽게 바꾸는 것도 아니구요. 새해가 얼마 남지 않았으니 준비해서 바꾸도록 하겠습니다."

"목사님께서 이전 목사님께서 만든 주보를 그대로 사용하셔서 이전 목사님의 하수인은 아닌가 싶었습니다."

"네?"

"목사님이 이전 목사님의 하수인이 아닌가 싶어서요!"

"장로님 그런 말씀이 어디 있습니까? 하수인이라뇨? 장로님이 이전 목사님과 감정적으로 좋지 않은 것은 알고 있지만, 이렇게 하수인이라고 말씀하시는 것이 도대체 어떤 경우입니까? 그럼 하수인이라고 생각하는 저에게 교회 분쟁을 수습하라고 맡기신 겁니까? 아니 무슨 말씀을 하시는 겁니까?"

"아니요. 목사님 주보를 바꾸지 않으시길래…."

"아니 그래도 그렇지. 교회 분쟁을 수습하는 것이 중요한 일이지. 교회

주보가 중요합니까? 장로님 말씀대로 바꿀 것인데 저에게 시간을 주셔야 하지 않겠습니까? 그렇지 않으면 어떻게 일을 감당하겠습니까?"

원로장로님이 찾아오셨다. 찾아오실 때마다 큰 상처를 받는지라 오늘은 어떤 상처를 받아야 하나 두려웠다. 오늘 잔소리 주제는 '설교'였다.

"목사님! 설교를 그런 식으로 하면 안 됩니다. 저는 평생 설교를 들은 사람입니다. 그러니까 서론, 본론, 결론 15분만 하고 내려가시면 됩니다. 어차피 목사님 설교는 내 귀에 들리지도 않아요. 이전 목사님은 참 설교 잘했는데…. 그리고 어차피 다른 성도들도 배움이 짧아서 다 이해하지 못합니다. 그러니까 설교 짧게 하고 내려가십시오."

'나의 설교가 들리지 않는다면, 목사라는 나는 불필요한 사람이 아닌가?'

모든 것이 무너져 내렸다. 목사라는 직임도, 나라는 존재도 흔적도 없이 사라졌다. 내가 왜 이곳에 있어야 하는지는 생각나지도 않았다. '내가 목사의 직을 감당해야 하는가'라는 정체성마저 녹아내렸다. 마음속에 참을 수 없는 분노가 올라왔다.

내가 이곳에 오기로 마음먹었을 때, 대접받기를 원했던 적은 단 한 순간도 없었다. 그러나 적어도 이런 말들을 들을 필요는 없다고 생각했다.

"장로님! 그렇게 잘하시면 장로님께서 직접 설교하시면 됩니다. 뭐 하러 맘에 안 드는 목사 데려다가 고쳐 쓰려고 하십니까? 잘하시는 장로님께서 직접 하시면 되지요? 뭐 하러 목사를 청빙하고 잔소리하고 충고를 하십니까? 본인이 직접 하시면 되지요? 일단은 제가 설교를 못해서 너무 죄송합니다. 설교 못하는 것은 제가 노력을 할 터인데, 그렇다고 원로장로님만을 위해서 15분만 설교하고 내려갈 수 없습니다. 우리 교회에는 많은 성도님들이 계시고, 그분들을 위해서라도 저는 제가 할 수 있는 것을 하겠습니다."

상처 있는 교회에 부임하여 성도들의 이야기를 경청했다. 아무리 사소하고 작은 일이라 할지라도 다 들어드렸다. 적어도 편견을 가지거나 편향적인 사심으로 듣지 아니하였다. 그러나 오늘의 지적은 선을 넘어도 한참을 넘는 이야기였다. 도저히 받아들일 수도, 수긍할 수도 없는 말들이었다. 한참을 설교를 주제로 실랑이를 했다.

그런데 한참을 듣고 보니 장로님의 본마음이 나오기 시작했다. 처음에는 '니가 설교를 못한다'라는 비난으로 시작했는데, 한참을 듣고 보니 '설교를 짧게 해 달라'는 요청으로 들리기 시작했다. 원로장로님이 나이가 여든이 넘어 아흔에 가까우니, 예배 중간에 소변 참기가 힘드셨던 것 같다. 그러면 뒷자리에 앉아서 예배를 드리시면 되는데, 내가 원로장로인지라 맨 앞자리에서 예배를 드려야 한다는 생각이 있으시기에 이래도 저래도 못하는 상황이었다. 지난 주일예배 시간 중간에 소변이 마려우셨는데, 화장실에 갈 수 없어서 한참을 고생하셨다는 것이다.

"장로님! 장로님 화장실 가기 위해서 예배를 빨리 마쳐야 합니까? 소변이 마려우시면 예배 중간에라도 화장실에 다녀오시면 되지요. 장로 자리, 권사 자리, 집사 자리 따로 있는 것이 아닌데 뒤에 앉으면 어떻습니까? 그리고 그냥 있는 그대로 내가 겪은 일, 내 상황을 말씀하시면 되지,

왜 목사가 설교를 못하느니, 성도들이 배움이 짧아서 이해를 못하느니 그런 이야기를 하십니까? 그러니까 오해가 생기고 다툴 일이 생기는 것 아닙니까?"

타인을 위한 따뜻한 말 한마디, 부드러운 말 한마디는 기대하지도 않는다. 그저 내가 바라는 것은 있는 그대로 솔직히 말할 수 있는 용기이다. 남의 이야기라고 포장하거나 자신의 속마음을 감춘 껍데기가 아니라 있는 그대로의 알맹이를 마주하고 싶다. 나의 상황을 이야기하고, 나의 마음을 말할 수 있는 최소한의 용기조차 없는 이가 어찌 타인을 헤아릴 수 있을까? 나를 내어 보일 수 없는 사람이 어떻게 진정성을 말할 수 있겠는가. 자기의 마음을 내어놓으며 얼마든지 이해하고, 사랑할 수 있는데 그렇지 못하니 미워할 일만 늘어난다. 이런 용기가 없으면 다른 이를 품을 수 없는 법이다.

사소한 것에서부터 큰일이 생겨나는 법이다. 부주의한 말 한마디가 큰 오해를 일으킨다. 더욱이 분쟁과 다툼 속에 있는 우리로서는 더욱 민감할 수밖에 없다. 말 한마디에 천 냥 빚을 갚는다 했다. 얼마든지 서로 간의 빚을 탕감할 수 있는데, 어찌 된 것이 말을 하면 할수록 빚이 늘어난다. 이러다가 온전한 집도 파산할 지경이다. 우리는 언제쯤이면 서로 간의 빚을 감하여 없이 할 수 있을까.

신발장

교회 현관 풍경이다. 신발장이 없는 것도 아닌데. 신발장이 먼 것도 아닌데. 신발은 늘 바닥에 있다. 한동안 지켜보니 어른들이 허리를 굽혀 신발을 옮기기를 힘들어하신다. 그래서 신발장은 늘 비어 있고, 신발은 현관에 줄을 지어 놓여 있다.

어수선해도 좋으니 지저분해도 좋으니 이 신발들을 예배 때마다 볼 수 있기를. 이 모습 이대로 신발들이 자기의 자리를 지켜 갈 수 있기를 기도해 본다.

털 슬리퍼. 날씨가 따뜻해지면 한동안 보지 못할 것이다. 참 정겨운 겨울 필수 아이템.

살다 보면
알게 될 거야

경계에서 산 사람들

평생을 경계에서 산 사람들이 있다. 좌와 우의 사이에서. 국군과 공산군 사이에서. 민주주의와 공산주의 사이에서 그리고 생과 사의 길 위에서 묵묵히 걸어온 사람들이 있다. 이들이 걸어온 길은 이념 양극단의 허상이 아니라 생을 향한 몸부림이었다.

동네 마을 한 켠에는 공산군이 내려와 마을 주민 13명을 죽인 것을 기억하는 반공비가 있다. 이 사건으로 아들은 마을 근처 금산으로 끌려가 총살을 당해 아버지를 잃었다. 너무나 어린 나이에 아버지를 잃은 집사님은 80세가 되었지만, 얼굴도 기억나지 않는 아버지를 위해 오늘도 추도예배를 드린다. 그렇기에 이곳 노인들은 생의 경계에서 줄타기하듯 젊은 날을 보내야 했다. 이쪽이든 저쪽이든, 이곳 노인들의 심연에는 지워지지 않는 아픔을 안고 산다.

시간을 한껏 품은 백발. 생의 무게를 짊어져 온 굽은 등. 흔들거리는 발걸음을 감당하며 오늘도 생의 길을 이어 간다. 지금껏 걸어온 시간처럼 그렇게 오늘도 길을 걸어간다.

오늘 한파주의보가 내렸다. 이 추위가 지나가면 진짜 봄이 올 것이다.
얼마만큼의 시간이 지나야 이들의 마음에 봄이 올 것인가.

찬양의 속도

얼마 전 원로장로님이 찾아오셨다. 이유인즉 찬양을 느리게 해서 잠이 온다는 것이다. 원래 빠르기로 찬양을 했다. 어른들이 숨을 쉬기 어려워서 버거워하신다. 다들 연세가 70, 80, 90대이기에 빠른 찬양에 숨이 차신 것이다. 이래도 저래도 못하는 상황이다. 반주자가 없기에 무반주로 예배드리기가 쉽지 않다.

성도가 30명이 채 되지 않는 곳에 반주자가 있을 리 만무하다. 대부분의 시골교회가 다르지 않다. 그래서 농촌교회 선배 목사님들이 찬양 반주기가 있어야 한다고 했나 보다. 반주기를 알아봤지만, 금액이 만만치 않다. 이곳에서는 볼펜 한 자루, 양말 한 켤레가 아쉽고 소중하다. 반주기를 마련하기 어렵다. 그래서 기도할 뿐이다. 내가 해결할 힘이 없으니. 대유교회에 부임한 지 5개월이 되었다. 새롭게 바꾸고 고쳐야 할 것들뿐이다.

교회 어르신 중에는 글을 모르시는 분들이 많다. 성경책은 가지고 있지만 읽지 못하신다. 그래서 프로젝터가 꼭 필요하다. 프로젝터 램프가 수명을 다해서 스크린에 화면이 흐릿하다. 다들 힘들어하시는데 비용이 드는 것을 알기에 모두 말을 아끼신다. 그저 기도할 뿐이다.

예배 때 사용하는 컴퓨터도 이곳에 부임할 때, 한 집사님이 사용하던 컴퓨터를 후원해 주셨다. 그때는 잘 몰랐지만, 집사님의 섬김으로 우리가 예배드림에 부족함이 없다. 주위의 돕는 손길로 여기까지 왔다.

단독목회를 먼저 시작한 동기 목사가 전에 이런 이야기를 해 준 적이 있다. 단독목회가 한 발자국 내딛기가 힘든데 한 발자국 한 발자국 걷다 보면 걷게 된다고. 가게 된다고. 그런데 돌아보면 내가 걸은 것이 아니라 때마다 걷게 해 주신 거라고.

나 역시 이런 은혜를 누리며 가고 있다. 여러 장애물들, 어려운 일들을 만날 때마다 사람이 참 담백해지는 것을 느낀다. 욕심도 바람도 조금씩 희미해지고, 있는 그대로 인정하며 기도하는 나를 발견하게 된다.

그나저나 내일 주일예배 찬양이 걱정이다. 찬양을 안 할 수도 없고. 원래 빠르기로 해야 하나? 느리게 해야 하나? 원래 빠르기는 숨 쉬기가 힘들어서 문제. 느리면 잠이 와서 문제. 참. 걱정이다!

죽었다 깨어도

사택 뒤에 작은 텃밭이 있다. 봄을 맞이하여 꼬맹이들과 파종하였다. 각종 상추, 치커리, 부추, 고들빼기 그리고 토마토. 작은 돌을 골라내고, 잡초와 풀을 제거하고 씨를 뿌렸다. 밭일에 요령이 없어서 덕분에 손바닥에 물집과 생채기가 났다.

전에 성도 한 분이 비난하는 어조로 말씀하셨다.

"목사님은 죽었다 깨어나도 농사짓는 사람 마음은 절대 모릅니다."

말을 어쩌나 이쁘게 하시는지. 말 한마디에 천 냥 빚 갚기는 어려울 듯하다. 그래서 다시 물었다.

"죽었다 깨어나면 성도님은 목사 마음을 알 수 있겠습니까?"

대답이 없으셨다.

다 자기만 중요하고, 다 자기 일만 힘들다. 입장만 바꿔 놓으면 서로 다르지 않지만 이해하려 하지 않는다. 자기는 존중받기를 원하면서, 타인은 존중하지 않는다. 그렇기에 오해가 생기고, 편견이 자라난다.

작은 텃밭이지만 일구다 보면 혹 기회가 되어 농사라도 짓게 되면 농사짓는 이의 마음을 알게 되지 않을까. 호미질을 하며 스쳤던 말들을 되씹어 본다. 그러니 목사의 마음을 알아 가려는 노력이 어르신에게도 있으면 좋겠다고 생각해 본다.

모두가 서로의 마음을 헤아리려는 노력이 있을 때 공존할 수 있다.

살다 보면
알게 될 거야

진정한 낙원

부활절 예배를 마치고 함께 식탁의 교제를 나누었다. 아직까지 이곳은 남녀칠세부동석(男女七歲不同席). 남자 따로, 여자 따로 식사를 한다. 굳이 나누지 않았지만, 예전부터 앉던 것이 습관이 되어 지금까지도 지켜 가고 있다.

소박한 식단이지만 한 상에 둘러서 먹고 마시는 대유교회 공동체가 진정한 낙원이다.

첫 나들이

부임 후 첫 번째 나들이를 가졌다. 여쭤보니 몇 년 만에 나들이라 하신다. 농사짓느라 성한 데가 없어서 많이 걷지 못하시는데 다행히도 힘을 내어 일정을 다 소화하셨다.

전주 하나교회 박춘경 목사님께서 25인승 교회 차량을 대여해 주셨다. 나 몰라라 하는 사람도 보았고, 해코지하는 사람도 보았지만, 반면 어떻게 도와줄까를 고민하는 귀인도 참 많다. 스승 목사님의 배려와 사랑이 참으로 감사하다. 면허가 있다고 다 빌려주는 것도 아니고, 무엇보다 교회에서 차량을 빌려주는 것이 결코 쉬운 일이 아님을 알고 있기에 더욱 감사하다.

시골교회에서는 차량 한 대 대여하는 것도 많은 비용이 발생하기에 주중에 사용하지 않는 차량을 대여해 주는 것도 큰 섬김이고, 선교가 된다.

성도님들이 목사가 큰 버스 운전하는 것을 신기하게 보신다. 비용을 아끼려 직접 운전하는 것을 미안해라 하시고, 고마워하신다. 생각해 주시는 마음이 예쁘다.

군 복무 시절, 운전병으로 근무하면서 대형차량을 운전하는 법을 익혔다. 큰 차 운전하는 것을 어디에 써먹나 했었는데, 지금 와서 생각해 보면 목양 사역을 위해 하나님께서 훈련 시키지 않으셨나 싶다. 그래도 요즘은 12시간 운전이 버겁다.

어쩌면 오늘의 여행이 마지막 여행이 될 분도 있을지 모르겠다. 87세의 원로장로님, 부정맥이 있는 은퇴 장로님, 장애가 있는 권사님, 잘 걷지 못하는 어르신들. 농촌교회에서 다음은 없다. 연세가 워낙 고령이시라 다음을 기약할 수 없기 때문이다. 그래서 오늘을 살 수밖에 없다. 대부분의 시골교회가 그렇다. 오늘을 허락해 주신 하나님께 감사하며 그저 주어진 사역에, 성도에 충실히 성실히 그리고 진실하게 살아갈 뿐이다.

나들이 중간중간에 성도님들 얼굴에 비친 미소들이 마음을 따뜻하게 한다. 자주 웃게 해 드려야 하겠다. 어른들을 웃게 해 드릴 수 있으면 그것으로 충분하다.

엄니! 엄니!

"모든 자녀를 대신하여 담임목사가 카네이션을 나누어 드립니다."
"어머니. 고생하셨어요! 수고하셨어요!"
"아버지. 감사합니다! 애쓰셨어요!"

성도님들께 아버지, 어머니라 부르며 카네이션을 나누어 드렸다. 이 시간만큼은 교회 안에 성도는 없다. 모두가 아버지이고 어머니이다. 어색함은 이내 눈물이 되어 떨어졌다. 자녀들에게도 못 들었던 말을 목사에게서 들었다고 하셨다. 목사에게서 '어머니, 아버지'라고 들으니 감사하다고 하신다.

자녀들을 위해 손톱에 흙이 없었던 적이 없으셨다. 나이가 팔십을 넘었어도 손톱이 벌어져 테이핑을 하고 다니신다. 평생 땅 파고 사셨던 성도들. 자녀들을 위해 자기네 삶을 다 바치셨다. 카네이션 한 송이 받아 들고, 연신 눈물을 닦으신다.

"언젠가부터 어버이날이라고 매번 자녀들에게 우리가 받기만 하는데 이 시간에는 잠시나마 우리의 부모님을 기억하면서 잠시 기도합시다."
예전에는 밥 한 끼 먹고 살기 어려운 때였는지라 돌아가신 부모님들께

해 드린 것이 없어서 미어지는 마음에 흐르는 눈물을 닦기에 바쁘다.

팔십을 넘은 권사님이 눈물을 닦으신다. 남편을 일찍이 보내고, 작년 부활절 아침에 사랑하는 맏딸을 급작스럽게 보내야 했다. 많은 일을 겪으며 눈물도 말라 버렸다 했다. 그런데 눈물이 나신단다. 친정어머니가 생각이 나서. 생전에 딸을 위해 먼 길을 걸어서 새벽예배에 다니던 친정어머니, 교회 장로님에게 자기 딸 잘 부탁한다고 고개를 숙이시던 그 어머니가 보고 싶으시다고 하셨다.

뒤에 앉아 계시는 남자 집사님이 눈물을 흘리신다. 이 집사님의 눈물에도 많은 것이 담겨 있다. 아버지가 기억나지도 않을 정도로 어렸을 때 공산군들에 의해 아버지가 총살당해 목숨을 잃었다. 그리고 그 자녀들을 어머니 홀로 키우셨다. 지지리도 궁핍해서 사는 게 지옥이었다고 하셨다. 그 굶주림을 어떻게 지내 왔는지. 어떻게 살았는지 믿기지 않는다고 하셨다. 어머니가 홀로 키운 자녀들이 장성하여 자리를 잡고, 결혼을 했다. 먹고살 것이 생겼다. 이제야 웃으며 살 수 있었다. 어머니가 60세가 되던 해. 모든 자녀들이 어머니 환갑잔치를 성대히 치르겠다고 날짜를 잡았다. 그리고 잔치를 한 달 앞두고 어머니는 밭에서 쓰러져서 돌아가셨다.

"엄니, 엄니!!"

80살이 넘은 아들은 어머니만 생각하면 눈물을 흘리신다. 내가 해 준

것이 아무것도 없노라고. 잔치 한번 해 드리고 보냈으면 얼마나 좋았겠
느냐고. 어머니를 생각할 때마다 마를 것 같은 눈물도 나이 들어갈수록,
어머니를 만날 날이 가까이 올수록 더 많이 흐른다. 50년이 넘도록 울었
는데 늘 '엄니'만 생각하면 아직도 눈물이 난다.

　우리의 어버이 주일은 순종과 공경하고 싶은 부모가 없어서 그리움으
로 드리는 예배가 된다.
　예배 시간에 우시는 우리 성도들을 보니, 나도 돌아가신 할머니가 보고
싶었다. 참 많은 사랑을 주셨는데, 내 할머니가 보고 싶었다.
　성도는 목사를 보며 울고, 목사는 성도를 보고 울고. 설교 한마디에 울
컥, 울컥. 참 어려운 예배다. 그런데도 맘이 어찌나 따뜻하던지.

살다 보면
알게 될 거야

곁에 선 사람들

몇 달 전 멀리 계신 장로님께서 반주기를 구입하라고 100만 원을 보내 주셨다. 반주자가 없이 예배드리는 상황을 아시고 보내 주신 것이다. 전화로 감사의 인사를 드렸더니 "예배는 드려야죠. 반주기와 프로젝터 모두 다 해 드리면 좋은데 많이 보내 드리지 못해 죄송해요." 도리어 미안해하시며 전화를 받으셨다. 한동안 울컥거리는 마음으로 시간을 보냈다.

더욱이 감사하게도 선배 목사님께서 교회에서 사용하지 않는 구형 반주기를 주셨다. 구형 반주기도 저렴하지 않기에 쉽지 않은 결정이라 생각되지만 기꺼운 마음으로 후원해 주셨다. 마음이 없으면 아무리 넘쳐도 작은 것 하나 나누기가 어려운 것인데 그 마음이 참으로 귀하다.

고민하다가 보내 주신 선교비로 반주기를 구입하는 대신 프로젝터를 사서 예배드리고 있다. 설치해 주신 목사님께서도 기름값도 나오지 않는 수고비를 받고 프로젝터를 설치해 주셨다. 성도님들이 눈으로 보고, 귀로 들을 수 있어서 좋아하신다.

일련의 일들을 위해 기도하며 그렇게 묵상하며 곁에 선 사람들에 대해 고민한다. 곁에 있지만, 같이 서 있지 않은 분들이 많이 있다. 반면 바로 곁에 없지만, 같이 서 있는 분들이 참으로 많이 있다.

"또 부인하더라. 조금 후에 곁에 서 있는 사람들이 다시 베드로에게 말하되

너도 갈릴리 사람이니 참으로 그 도당이니라(마가복음 14:70)"

같이 있지만 부인한 제자도 있었고, 같이 있지 않았지만, 마지막까지 주님을 위해 생을 다한 제자도 있었다. 거리가 중요한 것이 아니라 그곳이 어느 곳이든, 같이 서 있는 것이 중요하다.

목회가 버거울 때나 마음이 무너질 때, '나 혼자 서 있구나!' 하고 느껴질 때가 있다. 그때마다 묵묵히 곁에 서 있는 동역자들을 생각한다. '내 주위에 같이 서 있는 사람이 참 많구나!' 거리의 멀고 가까운 정도가 아니라 마음으로, 삶으로 그리고 영적으로 가까이에서 함께 동역하며 서 있는 사람이 참으로 많은 것을 깨닫게 된다. 보고 싶은 사람들이 스쳐 가는 아침이다.

살다 보면
알게 될 거야

비가 내렸다. 그리고 주위에 식물들이 숨통을 틔우고, 갑자기 자라나기 시작했다. 이제 신록이 우거지고 모든 세상이 녹색으로 바뀌었다. 보는 눈이 시원해지고 마시는 공기가 신선해졌다. 주위를 보니 모내기도 다 끝난 듯하다. 세상이 평화롭다.

감사한 내용들을 생각해 본다. 과분한 일들이 많다. 감히 받지 못할 은혜가 많다. 감사하지 않은 사람이 없고, 감사하지 않은 시간이 없다.

대청소

주일 오후. 성도님들과 대청소를
했다. 몇 년 만에 대청소인지. 청소한
지가 너무 오래되어 기억이 나지 않
는다고 하셨다.

경운기 동원하여 교회 외벽 물청소
로 송화가루를 씻어 냈다. 예배당도
구석구석 닦아 내고, 선풍기 커버도
벗겨 냈다. 난로도 창고에 넣어 놓고,
차양막도 설치하고 이제 여름을 준비한다. 오늘 무주는 32도. 올여름은
얼마나 더우려나.

이렇게 열심히 청소했는데 내일 비 온단다. 비가 온단다.

살다 보면
알게 될 거야

작은 행복

사립 대상 교회 즉 미자립교회 목사로 나는 서 있다. 다른 이에게 손을 벌리지 않고, 도움을 구하며 기도하지 않으면 한 달 한 달을 버티지 못하는 이곳에 서 있다.

가끔씩 돌아가신 할머니를 생각한다. 내가 목사가 되기로 결심하였을 때, 할머니는 내 손을 잡고는 만류하셨다.

"귀현아! 다른 길, 좋은 길이 많이 있는데, 하필이면 남에게 빌어먹고 사는 삶을 선택하려고 하니? 얼마나 고달픈 길인데. 왜 그 길을 가려고 하니?"

당시 교회는 다니셨지만, 신앙이랄 것도 없었던 할머니의 시선에는 교회에서 사례를 받고 사는 목사가 빌어먹는 사람으로 보였던 것 같다. 어쩌면 교회 안에서 성도들에게 이래저래 치이며 사는 목사의 삶, 그 이면의 그림자를 보았을는지도 모를 일이다.

손자는 할머니의 만류를 뿌리치고 목사가 되었다. 그리고 할머니는 목사가 된 손자를 위해 기도하셨고, 권사가 되셨다.

나는 목사가 된 나의 선택이 틀렸다고 생각하지 않는다. 빌어먹는 삶이면 어떠하랴. 살아가면 그만인 것을. 묵묵히 손자의 길을 믿어 준 할미의 기도가 감사할 뿐이다.

내가 산골로 간다는 소문을 듣고서 비웃는 사람도 있었다. '시골로 가면 안 된다'라는 나름의 충고, 훈계, 지적. 뭐 비슷한 것들. 부임하는 그날까지 말리고 반대하는 이도 있었다. 충고를 가장한 질책으로 목회의 근본을 흔드는 이들도 있었다. 그러니 목회의 어려움을 만날 때마다 계속해서 지나갔던 말들이 생각이 났다.

'내가 잘못 선택한 것일까?'
'내가 와서는 안 되는 곳에 있는 것은 아닐까?'

오래전 충고라는 이름으로 지나갔던 말들이 나를 다시 좌절의 구덩이로 끌어내렸다. 매일 아침 마음을 다잡아야 했다. 좌절의 구덩이에서 빠

살다 보면
알게 될 거야

져나오는 방법은, 나의 선택을 긍정하는 것이었다. 우리 하나님은 미쁘신 분이시므로. 그것으로 마음의 평안을 찾는 것이 목회의 절반이었다. 그렇기에 오늘도 지금 여기에 서 있는 것이다. 이곳에서의 목회가 쉽지 않다. 물질의 문제가 아니라 마음의 문제가 어려움이다.

모두가 좋은 목회를 꿈꾸고 행복한 목회를 꿈꾼다. 나 역시도 그렇다. '빌어먹는 삶'이라도 주 안에서 작은 행복을 꿈꾸어 본다.

누구에게 무엇이 되어

예전 예배당으로 쓰던 건물이 있다. 50년이 넘은 건물이다. 지금은 교회 식당으로 사용한다. 이 건물에는 바닥 난방이 없다. 콘크리트 바닥 위에 장판을 깔고, 그 위에 덮인 보온재 하나가 전부였다. 수명이 3년도 되지 않는 보온재를 15년을 사용해서 노란색 보온재가 회색이 되었다. 무주의 매서운 겨울을 20년이 넘은 석유난로 하나로 버티고 있었다.

작년 성탄절을 맞이하여 식사를 하는데, 추위 속에 식사하는 어른들이 얼마나 맘에 걸리던지. 그리하여 큰마음을 먹었다. 다른 곳에 맡길 비용은 없으므로 시공비 아끼려고 직접 난방필름을 시공했다.

예전 바닥에 깔려 있던 부직포를 제거하고, 혹여나 있을 습기를 제거하고, 먼지가 있으면 안 되기에 청소를 꼼꼼히 했다. 단열재를 깔고, 난방필름을 올리고, 전선을 연결하고, 보호판을 덮고, 온도조절기 설치하고, 테이프로 고정하고. 다행히 열기가 올라온다. 올겨울 따뜻한 바닥에서 식사하실 성도님들을 생각해 본다.

이전 장판을 재사용하려 했는데 울어서 사용할 수가 없다. 장판을 떼어 직접 시공하려다가 마음도, 시간도, 여유가 없어 전문가에게 맡겼다. '그냥 내가 할 것을.' 하는 후회가 된다. 좀 더 아낄 수 있었는데. 도배는 하지 않으려 했는데 벽지가 너무 오래되어 만지면 바스러진다. 어쩔 수 없다. 방도가 없다. 하긴 20년이 되어도 관리를 하지 않았으니 너무나 당연한 일이다. 다행히 보내 주신 선교비, 모아 놓았던 후원금으로 교육관 작업을 마쳤다. 바뀐 교육관을 보며 깨끗하다고 성도들이 얼마나 좋아하시던지. 이게 기쁨이다. 겨울에 온기를 느끼시면 더 좋아하실 것이다.

개척교회, 시골교회 목사는 다 잘해야 한다고 했다. 누구에게 맡길 수 없으니 직접 할 수밖에 없고, 하다 보면 잘할 수밖에 없다. 장인어른도 평생 섬 교회 목회를 하시고 은퇴하셨다. 직접 교회를 건축하고, 보일러를 놓고, 보도블록을 깔고, 모든 일을 직접 하셨다고 한다. 어설프지만 나도 이 일을 하고 있다. 언제까지인지 모르겠지만, 무슨 일이 될지는 모르겠지만 그저 할 수만 있는 대로, 감당해야 하는 일대로 묵묵히 해야 하지 않을까 싶다. 누구에게 무엇이라도 감당하는 사역자가 되고 싶다.

참전용사

주일예배 전에 원로장로님이 곧 쓰러지실 듯이 식은땀을 흘리시며 버거워하셨다. 예배 전이었으므로 장로님을 업어서 교회 차량에 태워 응급실로 모셨다. 원인은 이석증이었다. 어지럼증으로 많은 고생을 하셨다. 성도들 태반이 노인들인데 참으로 걱정이다. 어른들의 건강은 때를 기다려 주지 않기에 모든 상황에 대처해야 하지만 갑작스러운 상황들은 여전히 당황스럽다.

원로장로님은 6.25 전쟁에 참전했다. 무주지역 참전용사 회장직을 맡고 계셔서 6.25 기념식에 참석해야 했다. 아직도 많이 어지러워하시는데 대회사를 하셔야 한다. 걱정이 되어 아침 일찍부터 행사 후까지, 온종일 직접 모셨다. 이제는 체력이 약해져서 올해까지만 회장직을 감당하신다고 하신다.

간간이 참전 이야기를 들을 때가 있다. 전쟁 때 군 교회에서 신앙생활하시던 이야기. 그래서 대유교회 2번째 성전은 그 당시 군 교회를 모방하여 직접 지었다고 하셨다. 머릿속에 당시 본부교회의 형태를 기억하셨다가 집으로 돌아오시고는 산에서 직접 나무를 해다가 교회를 건축하셨다.

살다 보면
알게 될 거야

'나였다면 원로장로님처럼 신앙생활 할 수 있었을까?' 많은 도전이 된다.

참전 이야기를 하시면서도 늘 빼놓지 않는 이야기가 있다. 어두운 새벽에 무주 구천동 계곡에서 전투가 있었는데 옆 마을 형이 총탄을 머리에 맞고 사망했단다. 전에도 알고 지냈던 형님이었는데, 사망하여 계곡물에 떠내려가는 형을 붙잡지 못했다고. 내가 잡아 줬어야 했는데 사방에 총알이 날아다녀서 붙잡아 주지 못했노라고 늘 후회하고 있다고 한다. "형님! 형님!"을 외쳤던 그때를 늘 말씀하신다.

장로님의 사진을 찍었다. 노병은 죽지 않는다. 다만 사라질 뿐이라 했던가. 노병이 여기 있다. 이 모습이 많은 것을 생각하게 한다. 많은 것을 희생하신 어른들이 계셔서 오늘날 우리가 많은 것들을 누리며 산다. 전쟁의 포화 속에서 우리나라를 짊어지고 왔던 어르신들. 농촌교회의 어린 목사는 이 어르신들을 짊어지고 가야 한다. 그게 농촌교회 목회자에게 주어진 십자가이다.

화재사고

요 며칠 아프거나 사고를 당하신 성도들이 많다. 그래서 맘이 참 어렵다. 가끔씩 집에서 고추부각, 김부각 같은 별미를 만들어 드신다. 아침 일찍 집에서 기름 냄비에 불이 붙어서 그걸 끄신다고 물을 부었다. 그러자 불이 번지면서 말 그대로 '기름 폭탄'이 되었다. 얼굴에 화상으로 피부가 벗겨지고 진물이 났다. 머리카락 일부가 타고 왼손에도 경미하지만 화상을 입었다. 오른발과 오른팔에 장애를 가지고 있는 권사님이라 이 상처를 보는 목사의 마음이 찢어진다. 다행히 집에 불은 끄셔서 크게 번지지는 않았다. 문제는 화상을 입으셨으면 바로 연락을 주셔야 하는데, 알로에 바르면 괜찮다고 버티시다가 수요예배 전에 말씀하셨다.

우리 어른들이 그렇다. 본인들이 의사고 약사다. 그럼에도 단 한 번도 괜찮았던 적이 없다. 내 몸은 내가 가장 잘 안다고 말하고선 잘 아는 사람이 한 명도 없고, 약 먹으면 괜찮다고 말하고선 괜찮아지는 어르신이 없다. 몸이 괜찮아졌다고 말하고선 어디 하나 성한 곳이 없다. 어디서부터가 진짜고 가짜인지 경계가 모호하다. 제발! 병은 의사에게, 약은 약사에게 맡겨 두자.

수요예배 전, 놀란 마음으로 뛰어나 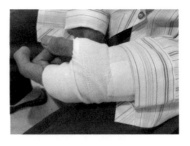 가 급히 읍내로 나갔다. 오후 6시인데, 병원들이 모두 닫았다. 시골 현실이 이렇다. 의료원 응급실로 모셨다. 의사도 짐짓 놀란 눈치다. 전문적인 화상 치료를 받을 곳이 없다. 대전까지 매일 왕복해야 하는데 현실적으로 어렵다. 몸이 불편하시기에 한동안은 직접 모시고 의료원으로 치료하러 다녀야 한다.

새벽기도회를 마치고 내려오는 지금, 내가 무엇을 해야 하는지 고민해 본다. 첫 번째로, 어른들에게 소방 교육을 해야겠다. 당황하면 사소한 것도 잊어버리신다. 화재는 초기 진화가 중요한데 바로 대응할 수 있도록 교육해야 한다. 두 번째로, 무료로 소화기를 받을 수 있는 곳을 알아봐야 겠다. 그렇지 못하다면 사비로라도 구입해서 배포해야겠다.

문제에 직면하였으니 그냥 넘어가서는 안 될 일이다. 소를 잃었으면 당장이라도 외양간을 고쳐야 한다. 언제 더 큰 문제로 덮칠지는 알 수 없기 때문이다. 다음에는 사람을 잃을 수도 있다. 내가 눈에 보이는 모든 일을 다 할 수 있으리라고는 생각진 않지만 그래도 하는 데까지는 해야 한다. 일이라는 것은 눈에 보이는 사람이 하는 것이기에 남에게 맡길 수도 없고 보이지 않는 사람이 할 수도 없다. 또 걱정이 하나가 늘었다. 새벽기도를 마치고 내려오는 내내 마음이 편치 않다.

이방인의 시선으로

화상을 입었던 권사님이 퇴원하셨다. 혹시나 감염될까 하여 이번 주일을 병실에서 보내셨다. 다행히 회복이 빠르셔서 오늘 퇴원하셨다. 아침 일찍 병원에 가서 퇴원시켜 드리고 댁까지 모셔다드렸다.

의료원에 환자들이 많다. 환자 중에 젊은 사람이 없다. 모두가 노인이다. 환자의 대부분은 정형외과에서 진료를 받는다. 진료비는 대부분 저렴하고 일부는 무료다. 읍에 자주 나오기가 어렵기에 약을 한 번에 많이 처방받는다. 말 그대로 약봉지가 '한 보따리'다.

도시에서는 보기 힘든 모습이지만, 병원 현관에 평상이 준비되어 있다. 순환버스를 기다릴 때, 앉아 기다려야 하기 때문이다.

진료를 기다리는데, 한 할머니가 옆에 있던 아주머니에게 묻는다.

"젊은 양반이 어디가 아파서 물리치료를 받는가?"

아무리 찾아봐도 젊은 사람이 없다. 아주머니 대충 보아도 60대 중반인데. 여기서는 젊은 양반이다. 무주는 조례로 49세까지 청년으로 인정한다고 한다. 그만큼 젊은 사람이 없다.

　접수 및 수납 창구에는 번호표가 없다. 아마도 글을 모르시는 분들이 많기 때문인 것 같다. 그리고 번호가 표시되거나 번호를 불러도 잘 듣지 못하시기 때문에 번호표가 없는 것 같다. 여기에서는 병원에 도착한 순서가 그리 중요하지 않다. 목소리가 큰 사람, 사람들을 비집고 들어가거나 안면이 있는 사람이 먼저다. 신기한 것은, 접수하시는 분이 한두 번 보면, 대충 얼굴과 진료과를 기억하신다. 대단하다.

　이곳에 살지만 가끔씩은 외국에 있는 것 같을 때가 있다. 그래서 외국인의 시선으로 주변을 돌아볼 때가 있다. 오늘은 이방인의 시선으로 이곳저곳을 둘러본다.

하나님의 동역자

2016년 12월 말. 성도의 장례를 집례하면서, 황해도민 묘지를 방문하게 되었다. 여유가 있으면 늘 주위를 돌아보곤 하는데 그곳에서 하나의 묘비를 보고 한동안 머물렀다.

"네가 나와 뜻을 같이하고 환자를 위하여 살고 있다면 세상 끝에서 살고 있다고 해도 너와 나는 동지다." - 제자에게 주신 말씀

아마도 고인은 의사이자 교수이지 않았나 싶다. 차가운 비석에 새겨 있는 글자들이 살아 숨 쉬는 것을 느꼈다. 그리고 내 마음도 뜨거워지는 것을 느꼈다.

언젠가 재미있게 읽었던 소설, 『호설암』 기억에 남는 한 줄이 있다.
'조강지처는 내쫓지 않고, 가난할 때의 친구는 잊지 않는다.'

자연스레 사람을 대함에 있어 나 스스로가 가지는 철학이 있다.
'주의 일을 위해 부르심을 입은 모든 자들은 동역자이고, 내가 먼저 그 동역자를 잊지 않는다. 비록, 내가 아파할지라도.'

돌아보면 목회자로서 걸어온 길에 수많은 사람들이 있었다. 나에게 힘이 되었던 이들. 나에게 때론 가시가 되었던 이들. 나에게 자랑이 되는 사람도 있고 나에게 아픈 손가락으로 남아 있는 이들도 있다. 곁에 있었던 이들도 있었고 스쳐 갔던 수많은 사람들도 있었다. 그러나 돌아보니 중요하지 않은 사람은 단 한 명도 없었다. 귀하지 않은 사람도 없었다. 그렇기에 하루를 준비하는 이른 새벽에 스쳐 가는 그들의 얼굴을 기억하며 기도한다. 때론 이름이 생각나지 않기도 하지만, 함께했던 그 시간을 머릿속에 떠올려 본다.

우리는 너무나 쉽게 사람을 대하지 않던가. 하나님 나라의 동지요, 동역자라기보다는 내 삶의 소모품으로 이용하는 악한 이들이 참으로 많이 있다. 오랜 시간을 주를 위해, 함께 동역한 이들을 향해 인색한 낯을 보이는 사람들이 주일마다 자기 삶에서 신앙을 위해 몸부림친 흔적의 한 조각이라도 묻어 있지 않은 설교들을 내어 뱉으며 성도들에게 칭찬받기를 원하는 모습은 참으로 부끄럽지 않은가. "고생했다.", "수고했다."라는 말 한마디도 없이 동역자의 헌신을 너무나 당연하게 생각하는 오만을 어떻게 받아들여야 하는가.

"전에는 성도 한 명, 어린아이 한 명이 귀한지 몰랐는데 지금은 길에 지나가는 사람 한 명만 보아도 얼마나 소중하고 귀한지. 한 영혼이 나의 목숨과 같이 귀한 줄을 이제야 알게 되었다."는 개척교회 목사님의 고백.
평생을 복음을 전해도 마을에서 한 명 전도하기 어려운 농촌교회 목사의 고백도 이와 다르지 않다. 사람 귀한 줄 알아야 한다. 우리가 이 귀한 사람들을 위하여 부르심을 입은 것을 기억해야 한다. 우리가 이것을 매 순간 읊조린다면 어찌 경솔히 사람을 대할 수 있겠는가.

기억해야 한다. 소모품으로 던져지는 하나의 아픔이 늘어날수록 우리 역시도, 외롭게 던져져야 한다는 사실을.

너와 나, 우리는 하나님의 동역자들 아니던가.

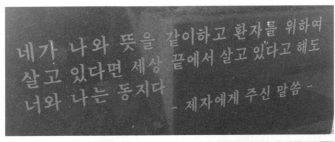

살다 보면
알게 될 거야

책임지는 사람

  내가 생각했던 기간보다 교회의 분쟁을 빠르게 수습할 수 있었다. 모두가 가능하겠냐고 의문을 던졌다. 모두가 불가능하다고 했다. 나는 말할 수 있다. 전적인 하나님의 은혜라고. 그러나 눈에 보이는 분쟁을 수습한 것이지, 성도들 안에 있는 다툼의 흔적은 쉬이 지워지지 않았다. 이런 흔적들은 이제 함께해 나가며 서서히 지워 가야 한다.

  공식적으로 분쟁을 종식할만한 기점이 필요했다. 나름의 '터닝포인트'가 있어야 했다. 다툼과 분쟁의 역사를 끊고 이제 새로운 모습으로 하나되기 위한 계기가 필요했다. 주일예배 후 제직회를 열었다. 그리고 그 자리에서 담임목사가 성도들에게 사죄하는 마음으로 고개를 숙였다.

  "죄송합니다. 성도님들! 교회 있었던 모든 분쟁과 다툼으로 인하여 심려케 해 드린 점을 담임목사로서 사죄드립니다. 모든 책임은 저에게 있습니다. 이전에 아프고 상한 마음이 있으시다면 저에게 와서 말씀해 주시고 다른 성도들에게는 책임을 묻지 말아 주십시오, 간곡히 부탁드립니다."

  모두가 놀랐고, 몇몇 성도님들이 눈물을 흘리셨다. 목사를 사랑하는 안타까운 마음이었다.

"왜 목사님께서 고개를 숙이십니까?" "목사님이 무슨 잘못을 하셨습니까?"

"권사님! 목사는 책임지는 사람입니다. 잘하나 못하나 교회에서 일어나는 모든 일은 목사의 책임입니다. 그러니 이전의 일도 저의 책임입니다. 슬퍼하지 마세요! 제가 책임질 일입니다."

목사가 성도들께 고개를 숙이고 사죄하니, 이어서 두 분의 시무장로님들이 나오셔서 성도님들께 고개를 숙이셨다.

"성도님들께서 장로로 세워 주셨는데, 잘 감당하지 못해 죄송합니다. 앞으로 대유교회를 잘 책임지도록 하겠습니다."

그렇게 목사와 장로는 성도들께 고개를 숙였다. 제직회가 끝날 때에는 '니 편'이고 '내 편'이고가 없었다. 눈물을 훔치면서 지난 시간을 돌아보는 이들만 있었다. 내가 문제를 안으려 하니, 이전의 문제를 가지고 왈가왈부하는 이들이 없어졌다. 우리는 그 제직회를 기점으로 과거를 보지 않기로 마음먹었다. 이제 앞만 보고 살자고, 더 잘할 일들만 남았다고.

목사는 책임지는 사람이다. 장로도 책임지는 사람이다. 성도 역시도 책임지는 사람이다. 부르신 소명에, 베풀어 주신 은혜에, 부어 주신 은혜에 부끄럽지 않도록 책임지며 살아야 한다. 우리는 오랜 시간 함께 아파하면서 책임지는 법을 배워 가고 있다.

가장 두려운 말

유치원에서 급하게 연락이 왔다.
"아이가 혈변을 보았어요. 어서 병원에 가 봐야 할 것 같아요."
급하게 아이를 데리고 무주에 있는 의원에 갔다.

시골에서 가장 듣기 두려운 말.
"어서 빨리 큰 병원 가 보세요."

아무리 빨리 가도 1시간은 넘게 걸린다. 무주에 있는 내과에서 대전에
있는 대형 소아과로, 그리고 대학병원 응급실로. 치료를 위한 힘든 여정
을 보냈다.

다행히도 주말 4일간 입원 치료하고 호전되어 퇴원했다. 장염이 급성
으로 와서 출혈이 많았던 것 같다. 검사하면서 CT를 찍었는데, 전에 알지
못했던 치료해야 할 부분을 발견했다. 도리어 장염으로 아팠던 것이 도
움이 되었다. 의사 선생님은 어려운 것은 아니라고 하지만 전신 마취 후
수술해야 하기에 걱정이 몰려왔다. 그래도 알게 하셨으니, 찾게 하셨으
니 치료해 주실 것이다.

입원과 수술을 위해 기초 검사를 했다. 혈액 검사를 하는데 아들이 눈물 가득 머금은 눈으로 아빠를 찾는다.

"아빠! 나 너무 무서운데 울지 않도록, 참을 수 있도록 입을 가려 줘! 그러면 참을 수 있을 것 같아!"

녀석. 많이 컸다.

수술이 잡혔다. 아침 첫 시간이다.

"아빠. 나 수술 무서워!!!"

"로이야! 걱정하지 마! 의사 선생님이 그러셨는데 아무것도 아니래! 걱정하지 마!"

왜 무섭지 않겠는가? 홀로 수술실로 보내는 아비의 마음은 더욱 무섭다.

'로이야! 너에게 말하지는 못했지만, 아빠는 아빠여서 더 무서워!'

그저 선한 길로 인도해 주시리라.

냉면 심방

계속되는 폭염. 매일이 버겁다. 나이가 많은 성도들. 이런 날씨에 쉬어야 하는데 쉬지를 못하신다. 고추를 따서 말리고, 콩을 털고, 깨를 털고, 복숭아도 따고. 농촌의 일은 끝이 없다. 마을 방송에서는 연신 바깥출입을 자제하라고 시끄러운데, 방송을 지키는 어르신들은 없다. 도저히 보고만 있을 수 없어서 집으로, 밭으로, 산으로 강제 심방 중이다.

'성도들에게 무엇을 해 줄 수 있을까.'

고민 끝에 물냉면을 구입해서 심방 할 때 나누어 드렸다. 냉면 한 그릇 먹으려면 버스 타고 읍으로 나가야 하는데, 누가 나갈까 싶어서 이 더운 여름에 시원한 냉면 드시고 힘내시라고 준비했다. 내 선택이 틀리지 않았다. 성도님들이 많이 좋아하신다. 하나만 드리면 정 없어 보이니 파스는 덤이다. 몸이 성한 데가 없으니 파스로 통증을 다스리시라고 많이 준비해서 나눠 드렸다.

땡볕에서 일하는 모습에 마음이 답답하다. 얼굴은 벌겋게 올라오고, 온몸에 땀이 뚝뚝 떨어진다. 어지럽다고 하시면서 일을 쉬지 않고 계신다.

이러다간 앰뷸런스라도 준비해 놓고 일해야 하나 싶다.

비가 와야 그나마 일하시지 않는데….

비야! 어서 와라.

좀 살자.

살려 주라.

복숭아 천사

사택 문 앞에 복숭아 몇 개가 놓여 있다. 알이 제법 굵다. 우리 동네는 복숭아를 전문적으로 재배하는 집이 없으므로 이만한 크기가 나오기 쉽지 않다. 그럼에도 가리고 가려서 어린 목사를 대접하기 위해 가져다 놓았을 것이다. 그러니 사랑하지 않을 수 없다. 그러니 생각하지 않을 수 없다. 모든 게 귀한 이곳에서 사람 마음처럼 귀한 것이 어디 있으랴. 마음이 따뜻하다. 과분한 사랑을 받는다. 이 와중에 주황색 바가지에 눈길이 간다. 정겹고 귀엽다.

복숭아 천사는 어디 있으려나. 기다리고 있을 천사를 찾아 나서야겠다.

긴 추석

긴 추석이었다. 85세. 오랜 기간 투병하신 집사님이 하나님의 부르심을 받으셨다. 추석으로 인해 4일장을 치렀다.

어버이날. 편찮으신 집사님 댁을 방문해 카네이션을 선물해 드리고 사진을 찍었다. 마지막 사진이었다. 장례 순서지에 인쇄된 사진을 보며 자녀들이 연신 눈물을 흘린다.

발인하여 길가에 차를 정차하고, 관을 운구하여 언덕을 넘어 장지로 이

동했다. 한 발자국 한 발자국. 살아온 삶만큼이나 장지로 가는 길이 거칠
고 고달프다.

  동네 어르신들의 관에는 대부분 태극기가 덮인다. 참전용사이기 때문
이다. 어려운 시절, 힘든 곳에 태어나 국가를 위해, 가정을 위해 헌신하셨
다. 집사님의 관에도 태극기가 덮였다. 지역마다 가문마다 매장 방법에
차이가 난다. 우리 동네는 탈관하여 시신만 매장한다.

  평생 옆집에 사셨던 동생, 은퇴 장로님이 취토하며 눈물을 흘리신다.
95세 큰형님은 '하늘나라 가야 할 순서가 바뀌었다.' 하시며 동생이 먼저
간다고 소리 내어 우셨다.

  3형제. 없는 형편에 태어나 서로를 의지하며 80년 이상을 같이 사셨다.
슬픔의 깊이를 어찌 알 수 있으랴.

그러려니

사택과 교회, 겸용으로 사용하는 심야 전기보일러가 고장이 났다. 보일러 수조에 물이 없어 물을 데우는 열선이 과열되어 타 버렸다. 그도 그럴 것이 교회 건축하고 보일러가 설치된 지 20년이 지났는데 관리나 청소가 되지 않았으니 어쩌면 고장 나는 것이 당연한 일이다. 수조에 물을 채우고 보일러를 가동했다. 저수조 하단에서 물이 샌다. 예상 수리 비용이 340만 원이 나왔다. 저수조의 부피가 커서 벽을 터서 교체해야 한다. 쉬운 작업이 아니다. 아직 가을인데 마음에는 이미 겨울이 왔다.

사택에 있는 전기온수기도 속을 썩인다. 전임 목사님이 인수인계하시면서 꼭 교환하라고 하셨었는데 전에 화재가 있었던 흔적들이 천정에 있음에도 교환하는 게 어려우니 그냥 사용했다. 이제는 새로 연결했던 부분에서도 그을음이 올라온다. 작은 것 하나 구입하고 교체하기가 쉽지 않다.

늘 그러려니 한다. 이런 마음들이 쌓일 때면 버거워질 때가 있다. 가끔씩 광야 같은 마음을 경험할 때가 있다. 이곳이 광야임을 경험한다.

이른 새벽. 갑작스런 한기에 주섬주섬 옷을 껴입었다. 이곳에 열기는 늦게 오지만 한기는 늘 옆에 있다. 다가오는지도 모르게 늘 곁에 있다. 2주가 넘도록 고장 나 있는 보일러, 오늘 아침은 제법 쌀쌀하다.

어려운 결정이었지만 보일러를 교체하기로 했다. 아침 일찍부터 보일러실을 부수고 녹슨 보일러를 철거하고, 새 보일러를 설치했다. 파이프들을 새로 연결하고, 전선을 연결하고, 저수조에 물을 채운다. 테스트를 해 봐야 하므로 최종 마감은 아직 하지 않았다. 시멘트로 배관을 고정해야 할 일이 남았다.

늦은 저녁. 비가 온다. 난방이 되지 않는다. 문제가 있나 보다. 오늘은 하루 종일 춥다.

살다 보면
알게 될 거야

달빛 내려앉다

휘영청 달 밝은 밤. 어둠은 한 발 물러 빛으로 하늘을 물들인다. 평소 일찍 하루를 마치고 잠자리에 들던 어머니는 생일을 맞아 쏟아지는 잠을 뒤로하고 멀리서 찾아온 자녀들을 맞이한다. 자정이 넘도록 불 켜진 집에 웃음소리 그치지 않고, 어둔 가을 하늘을 밝은 미소로 채워 간다. 오래간만에 왁자지껄 행복한 소리. 어머니의 마음에도 밝은 빛이 내려앉는다.

추수 감사절

추수 감사절 예배를 드렸다. 풍성하진 않지만 직접 농사지은 것들로 감사의 제단을 쌓았다. 이곳에 부임한 지 일 년이 지났다. 일 년. 처음 하루하루가 참 길었는데 돌아보니 일 년은 참 짧았다. '농촌 그리고 사람, 교회 모든 것에 적응할 수 있을까?' 고민도 잠시. 이곳에서 살아가고, 살아내고 있다.

이곳이 '선교지'와 같다고 생각할 때가 있다. 한국에서 한국말을 하는데, 그 뜻을 이해하지 못하는 모습을 보며, 타국에서 살아가는 듯한 느낌을 경험한다. 이성이 작용하지 않고, 오직 본능과 감정만 앞세우는 모습

속에서 정글을 걸어 보기도 했다.

'어떻게 왔는지' 오늘이 기적 같기만 하다. 그러니 내가 한 것이 아니오. 주님이 하셨다는 고백이 나에게 더욱 진실하게 다가온다. 돌아보면 감사의 고백만 나온다.

"다 주님이 하셨습니다."

때를 따라 돕는 은혜로 한 발자국 한 발자국 걸어온 지금. 앞으로도 주의 선한 손으로 나를 붙드소서.

김장

● **만찬**

김장 시즌이면 주일이고 휴일이고 없다. 2주 안에 온 마을의 김장이 끝
난다. 주일에 김장하는 것을 죄스러워하면서도 자녀들이 도시에서 와서
일손을 도와야 하기에 딱히 방법이 없다. 이제는 마을 어르신들의 품앗
이로는 김장이 어렵다. 작년과 많이 다르다.

성도님의 호출로 주일 오전예배 후 김장하는 집을 방문하여 함께 식사
를 한다. 이 자리에 빠지면 많이 서운해하신다. 무조건 참석해야 한다. 김

장 시즌은 먹는 게 목회다. 늘 차린 게 없다고 하시는데 오늘따라 거하게 차리셨다. 신문지를 펴고 그 위에 앉아 성도들과 이야기하며 식사하는 자리가 너무 좋다.

● 여덟 다라이

새벽부터 부산스럽다. 마을에서 가장 많이 김장하는 집이다. 올해는 줄어서 조금 하는 김상이 '여덟 다라이'다. '포기' 세는 것은 포기했다. 우리 마을 기준은 '다라이'다. 다라이 하나에 고춧가루가 8근 들어간다는데 난 들어도 모르겠다. 도와드리려고 해도 만지지도 못하게 하셔서, 옆에서 이야기하며 장단만 맞춰 드린다.

새벽 5시. 절인 배추를 씻어 물기를 뺀다. 양념을 바르는 시간은 아침 10시.

매년 김장은 변함이 없는데 매년 한 살씩 나이 들어가시니 버겁기만 하다. 그래도 자녀들에게 줄 수 있음에 감사하며 마을 김장 품앗이 2주를 보낸다.

김장 시즌이 지나면 쉴 수 있다. 아니 김장이 끝나면 일 년 동안 농사지으며 고장 난 몸을 고치러 단체로 '병원 투어'를 해야 한다. 아는 사람은 김치에 절하며 먹어야 한다. 세상에 당연한 것이 어디 있으랴.

● 마을 김장

여기저기 김장으로 앓는 소리가 들린다. 2주간의 품앗이 김장. 마을 김장이다. 성도님들이 하나둘. 몸져누우셨다. 다리에 쥐가 나서 잠도 못 주무시고, 팔이 아픈 성도, 허리가 아픈 성도. 얼굴에 살이 홀쭉해지셨다.

살다 보면
알게 될 거야

어느 하나 온전한 몸이 없다. 우리가 김장 때문에 사는 것은 아니지만 자식들이 뭐길래! 자식들 김치 먹이기 위해, 이 고된 일을 하고 있다. 내년에는 진짜 안 하신다고 하시는데. 그건 내년 일이고. 어떻게 아픈 몸을 추슬러야 하나. 참 걱정이다.

김장을 준비하시는 집사님. 매년 이맘때면 하는 김장은 변함없는데 품앗이 일손은 점점 줄어들고 이마의 주름은 더욱 늘어 간다. 마을 김장 일주일째. 얼굴에서 피곤이 느껴진다.

● 힘들어 죽겠어!

오늘 김장은 '징글징글'하다. 밖의 기온이 영하 10도. 바람이 부니 살이 에인다. 물도 꽁꽁 얼었다. 새벽 5시부터 절인 배추를 씻어서 아침 8시부터 김장을 시작했다. 그래도 한 집 한 집, 교회 성도들이 품앗이로 함께하니 생각보다 빨리 끝난다.

마을 김장이 2주째 계속되고 있다. 이제는 누가 뭐라 할 것도 없이 입에서 말이 나온다.

"힘들어 죽겠어! 죽겠어!!"

뻥튀기

5일마다 돌아오는 장날이다.
시장에 갔다가 마을 어른들이 생
각나서 뻥튀기 2봉을 구입했다.
겨우내 마을회관에 모여 있는 어
른들께 서로 전해 주겠다고 꼬맹
이 둘이 투닥거린다. 뻥튀기 선
물을 받으시고 얼마나 고마워하
시는지. 기꺼이 받아 주시는 마
음도 고맙다.

"선을 행하고 선한 사업을 많이 하고 나누어 주기를 좋아하며 너그러운 자
가 되게 하라(디모데전서 6:18)"

섬김과 나눔은 훈련하는 것, 그리고 연습하는 것. 나눌수록 기뻐하며,
나눌수록 너그러워진다.

갑작스러운 제안

며칠 전, 지역의 한 목사님께 연락이 왔다. 그리고는 급작스러운 제안을 하셨다. 대형교회 부목사로 섬길 생각은 없는지 물어보셨다. 아들 또래의 목사가 시골에서 고생하는 것을 늘 맘에 걸려 하셨었다. 항상 따뜻한 눈길로 지켜봐 주셨던 어른이시기에 나를 생각하는 그 마음을 느낄 수 있었다. 아들같이 그리고 동생같이 생각해 주시는 분이 있다는 것만으로 이곳에서의 삶에 큰 위로가 된다. 큰 교회에서 더 배우고 경험을 쌓고 단독목회를 해도 늦지 않기에 고려해 보라 하셨다. 이름만 들어도 알만한 교회였다. 전에 사역했던 교회보다 3배 정도 큰 교회. 이런 교회에 믿고 추천해 주신 것만으로도 참 감사한 일이다.

짧은 시간. 많은 것들이 머릿속을 스쳤다. 아이들의 교육 문제… 경제적인 문제… 여러 가지 환경적인 것들… 지금 내가 누리지 못하는 좋지 않은 것들만 생각났다.

몇 년 전 청년 사역을 할 때, 한 장로님이 이해되지 않는 표정으로 질문하셨다.

"왜 어려운 청년 사역을 놓지 않습니까? 남들이 하기 싫어하는 일을 왜 스스로 한다고 자원합니까? 쉬운 일이 많은데…"

이렇게 말씀드렸다.

"'저 같은 놈'도 있어야 하지 않겠습니까?"

웃으며 이야기했지만 내 안에는 약간의 오기 같은 것이 있었던 것 같다. '죽더라도 끝까지 하고 말겠다'던 '스스로의 결심' 같은 것이었다.

얼마 전, 동생네 김장을 돕기 위해 안산에 사시는 장로님이 오셨다. 장로님과 대화 중에 질문을 받았다.

"남들은 다 도시로 가고 편한 목회를 하려 하는데 목사님은 왜 시골로 내려오셨습니까?"

"장로님. 저 같은 목사도 있어야 하지 않겠습니까?"

생각하고 말한 것은 아니었지만, 몇 년 전의 대답과 다르지 않았다.

갑작스런 제안이 크고 편한 길, 넓고도 평탄한 길로 다가왔다. 그 길을 선택하면 안 될 것 같았다. (큰 교회의 사역이 결코 쉽다거나 편하다는 의미가 아니라 현재 이곳의 사역이 쉽지 않음을 말하는 것이다. 우리 교회는 분쟁이 있었으므로 나로선 버겁고 힘든 길을 많이 넘어왔다.)

짧은 고민이지만 제안에 끌리는 나를 발견했다. 아내에게 말하지도 않고 제안을 거절했다. 이곳을 선택하고 부임했을 때, 교회 본연의 모습으로 회복하기까지 그리고 이것을 위해 부름을 받았다는 목표가 있었다. 어느덧 회복의 끝자락에서 다른 길을 선택한다는 것은 나에게 있어서 변절과 같이 느껴졌다.

'어떤 것이 좋은 선택이었을까?'
'혹 잘못 선택한 것은 아니었을까?'

지난 삶은 돌아보면 그리 잘못한 선택도, 나쁜 결정도 없었던 것 같다. 나에겐 어떤 선택을 하더라도 선한 목자께서 내 길을 인도해 주실 것이라는 확신이 있었고 실제로 주님은 늘 나의 나쁜 선택을 선한 길로 인도해 주셨다. 그러니 어떤 선택이라도 나쁠 것이 없다. 언제까지일는지는 몰라도 할 수 있을 때까지 그저 묵묵히. 이런 놈으로, 이런 목사로 서 있어야 하지 않을까 싶다.

"내가 여호와를 항상 내 앞에 모심이여 그가 나의 오른쪽에 계시므로 내가
흔들리지 아니하리로다(시편 16:8)"

불편한 사람? 불쌍한 사람!

여러 불편한 사람들 속에 불쌍한 사람들이 섞여 있다. 가치관이 다르고, 삶의 환경이 다르고, 걸어온 길이 다르고, 서로 보는 방향이 다를지라도 언제든 얼굴을 맞대고 마주할 수 있는 용기가 있는 이라면 그저 불편한 사람이다. 이런 불편한 사람들 속에 불쌍한 사람들이 숨어 있다.

모든 일을 옳고 그름으로 판단하는 사람.
모든 이를 자기 아래로 보는 사람.
그래서 자기가 틀릴 수 있음을 인정하지 않는 사람.
불쌍한 사람이다.

지금까지 많은 사람을 만나고 스쳤다. 불편한 사람이 많았다. 태반이 불편한 사람이었다. 그렇듯 나와 같은 이는 없었다. 불편함을 극복한 사람도 있었고, 그렇지 못한 이도 있었다.

이제야 깨닫는 것은 불편한 사람이라 생각했던 이들이 불편한 사람들이 아니었다. 이제야 생각해 보건대 모두가 불쌍한 사람들이었다. 머리로 생각하면 불편하고, 가슴으로 느끼면 불쌍해진다. 불쌍한 사람들 하나하나가 스쳐 간다. 나도 스쳐 간다.

늦은 밤. 생각을 자꾸 흘려보낸다.

안갯속에서

청소년기를 함께했던 동생이 세상을 떠났다. 하나님이 부르셨다는 말은 잠시 미루고 싶다.

아직도 머릿속에는 첫인상이 강하게 남아 있다. 까맣고 둥글둥글한 풍채를 가지고 있었던 어린 시절의 동생. 변두리 드럼 4비트도 그에게 배웠다. 전도사로 그는 서 있었고, 나는 목사로 서 있었다. 전도사의 시계는 30대 중반 어딘가에서 멈췄고, 나의 시간은 아직 흐르고 있다.

목사로 이 길을 살아가는 것이 비 온 뒤 푸른 하늘을 보는 것 같다가도, 시린 겨울 눈보라 같기도 하다가도, 장마철 끝없는 비바람을 맞는 것 같다가도, 벚꽃 흩날리는 따스한 봄날 같기도 하던 것이, 오늘은 답답한 안갯속에 서 있다.

해가 뜨면 사라질 안개지만 남겨진 이의 슬픔과 막막함으로 눈앞에 안개와 마주한다. 내일. 따스한 해가 떠오르면 안개와 함께 조용히 보내 줄 수 있기를.

어머니의 미소

구정 명절의 주일. 고향을 찾은 자녀들과 함께 예배를 드렸다. 많은 사람이 예배드릴 수 있는 몇 안 되는 날이다. 일 년에 두 번, 구정과 추석. 그리고 부모님의 생일. 자녀들이 이곳을 떠나 도시에 살기에 일 년에 해봐야 3-4번 고향을 찾는다. 그러니 자녀들, 손주들과 예배하는 이 시간이 행복하기만 하다. 얼굴에 미소가 가득하고, 예배 중간마다 어머니는 아들의 손을 쓸어내린다. 할머니와 함께 예배하는 것이 행복하다는 초등학생 손녀의 말이 할머니에게는 기쁨이요 자랑이다.

명절 주일에 가족들과 함께하라고 오후 예배를 따로 드리지 않았다. 처음 있는 일이다. 흔하지 않은 일이기에 무엇보다 처음이기에 목사인 나에게 어마어마한 용기가 필요했다. 관습처럼 굳어져 온 전통의 틀을 벗어던지기에 필요한 유연한 사고를 기대하기엔 아직 무리가 있기 때문이다. 평균 연령이 70세에 가까워 있으니, 어른 성도님들께 늘 잔소리 들을 작정을 하고, 결정해야 한다.

이전까지 장례를 많이 치렀다. 이곳에서 목회하는 선배 목사님들과 비교해 보아도 결코 적지 않은 수이었으리라. 그중에 주일 오후 예배드리지 않아 가슴을 치며 통곡하는 유가족을 단 한 명도 보지 못했다. 도리어 부모와 하루 더 있지 못함에 죄스러워하고 후회하는 자녀들은 많았다. 그러니 함께할 수 있는 시간을 만들어 주어야 한다. 그 기회를 열어 주어야 한다.

명절을 보내고 80을 넘은 은퇴 권사님이 손을 잡고 연신 고맙다고 하신다. 이렇게 편한 마음으로 자녀들과 함께했던 적이 처음이라고. 자녀들을 도시로 돌려보내면서, 고추장, 된장, 김치, 호박, 이것저것 잘 챙겨서 보냈노라고. 그리고 주일 오후 예배드릴 수 없는 마음의 짐을 덜어 주셨노라고. 다행히도 아직까지 오셔서 잔소리하시는 분은 없다. 허허.

가끔씩 어르신들을 붙잡고 잔소리할 때가 있다. 이렇게 고령화되고 텅텅 비어 가는 시골교회가 평안함 가운데 서가기 위해서는 알맹이가 아닌 것은 기꺼이 버려야 할 것은 버려야 한다고 잔소리를 한다. 늘 본질을 더 생각하고, 껍데기에 집착하지 말라고. 내 몸이 감당하지 못하는 약이 독이 되듯이 감당할 수 있는 것에 집중해야 한다고.

선택과 집중.

농촌교회도 그리고 어르신들도 초고령화와 인구 붕괴의 절벽 앞에서 시행착오를 거치며 지금도 배워 가고 있다.

대설주의보

올해는 왜 이리 따뜻했나 했더니 어제부터 눈다운 눈이 내리기 시작했다.

새벽 3시. 닭들도 한참 잠자는 시간에, 잠에서 깨어 밤새 내린 눈을 치운다. 혹여나 어르신들 새벽예배 나오시다가 넘어지지는 않으실까, 미끄러지지는 않으실까 걱정이 앞선다.

연세가 많으신 성도님들께 눈 오고 미끄러운 날. 집에서 기도하시라 말씀드려도 굳이 새벽예배에 나오셔야 한다고 고집을 부리신다.

오늘 나의 기도 제목.
"어르신들 새벽예배 나오시지 않게 해 주세요."

허허. 하나님께서 나의 기도를 들어주셨다. 새벽예배에 아무도 나오지 않으셨다.
"참…기…쁘…다!"

잠시 멈춤

코로나 바이러스로 인하여, 모든 것이 멈춰 있는 느낌이다. 멈추기 전에는 보이지 않는 것들이 있다. 그러니 멈춰야 보이는 것들이 있다.

어려운 마음이지만 주일예배를 가정예배로 대신하기로 했다. 성도님들도 기도하는 마음으로 기꺼이 결정에 따라 주셨다. 기독교 신앙의 본질이 하나님 사랑과 이웃 사랑에 있다면 지금의 위기, 하나님 사랑을 중심으로 이웃 사랑을 실천해야 함을 깨닫는다.

주일 아침. 주일예배 한 시간 전에 홀로 텅 빈 예배당에서 기도를 하고 말씀을 읽다가 혹시나 교회를 찾을 성도들이 있을까 하여 입구를 지키고 있었다.

매 주일 한결같은 시간, 한결같은 모습으로 걸어오시는 원로장로님, 올해 88세이시다. 홀로 기도하시고, 홀로 찬양하시고, 홀로 말씀 읽으시고. 그렇게 텅 빈 예배당을 채우시며 홀로 예배드리셨다. 사람은 그 뒷모습으로 말한다고 했던가. 88년 살아온 삶이 이 모습에 모두 담겨 있다.

장로님을 배웅해 드렸다.

"장로님. 아프시면 안 돼요."

"목사님 감사해요. 성도들을 생각해 주셔서."

이제 3월. 교회 밖 햇볕이 따스하다.

어둠 속에 십자가

교회에 부임했을 때부터 항상 마음에 걸렸던 문제가 있었다. 언제부터 인지는 모르지만 깨져서 밝히지 못하는 네온 십자가. 왜 고장 났는지는 모르지만, 오래전부터 십자가 등에 불이 들어오지 않았던 것 같다. 안타까운 일은 성도 중 어느 하나 이 일을 심각하게 생각하지 않는다는 사실이다. 성도들이 자유 해서가 아니라 비용이 들기에 주저주저하는 그 속마음을 내가 알게 되었을 때, 큰 한숨을 내쉴 수밖에 없었다.

물론 이 문제가 구원의 문제는 아니지만, 성도들의 신앙의 여정에 있어서는 중요한 문제라 나는 생각한다. 마을 중앙에 등대와 같은 십자가가 없다는 사실은, 나에게 있어서 교회가 어둠 가운데 나아갈 바를 알지 못하는 파선하는 배처럼 느껴졌다. 어찌하겠는가. 깨닫는 사람이 행하고, 보는 이가 나아가야 하는 것을. 말씀의 불을 밝히는 것은 목사인 나에게 당연한 부름이지만, 눈의 불을 십자가로 밝히는 것 역시 나에게 당연한 일이었다. 어두운 밤. 마을을 밝히고, 예배 시간마다 성도님들이 보고 올 수 있는 십자가가 빛날 수 있기를 오랜 시간 간구했다. 어쩔 도리 없는 나는 그저 기도할 뿐이라.

"주여 구하오니 귀를 기울이사 종의 기도와 주의 이름을 경외하기를 기뻐하는 종들의 기도를 들으시고 오늘 종이 형통하여 이 사람들 앞에서 은혜를 입게 하옵소서(느헤미야 1:11)"

일 년여의 시간이 지났다. 어려운 시골교회 사정을 듣고, 멀리 강원도에서 도움의 손길을 주셨다. 동해 청운교회 최철규 목사님과 장로님들께서 십자가 교체 비용을 보내 주셨다. 적은 비용이 아니지만 기꺼운 마음으로 섬겨 주셨다.

항상 예기치 못한 곳에서, 생각지 못한 분들을 통해 돕는 은혜를 누린다. 그러니 감사할 수밖에는 없다. 또, 사역의 한고비를 넘어간다. 이들을

살다 보면
알게 될 거야

통해 선을 이루어 가시는 주님을 고백한다. 돌아보면, 늘 받으면서 산다. 감사하고 고마울 뿐이다.

다른 기도 제목이 생겼다. 부디 지금껏 받은 사랑과 감사의 마음을 갚을 수 있기를. 그 기회를 허락해 주시기를 위하여 기도한다.

어둠이 가득 찬 저녁. 십자가가 붉다. 맑다. 십자가의 밝은 빛을 따라 믿음으로 살아가는 성도들을 기대해 본다.

씨 뿌리는 사람들

이른 아침부터 마을에 경운기 소리 요란하다. 코로나로 인해 몸과 마음은 움츠러들어도 봄은 왔고 아침이 되었으니 다들 일터로 나간다. 늙어 병든 몸으로 '올해는 농사짓지 않겠노라.' 하시던 겨울의 다짐은 던져 버렸다. 논과 밭이 기다리고 있으니, 농부는 기다리는 땅으로 나아가야 한다. 있는 그 자리가 그 사람을 설명한다.

씨 뿌리는 이의 마음은 어떠한가. 가을의 풍성한 소출을 기대하는 이. 어찌할 수 없어 씨를 뿌리는 이. 바람도 없이 될 대로 되라고 씨를 뿌리는 이. 이유와 목적은 달라도 시간이 지나면 결과는 나올 것이다.

소명은 태도를 이끌고, 태도는 삶을 정의한다. 기대와 소망으로 씨 뿌리는 마음. 내일을 준비하며 오늘 땀을 흘리는 사람들. 허리를 굽혀 겸손히 생명을 심는 이들. 그렇게 순수한 이들이 봄을 일군다.

지네의 습격

'사그락 사그락.'

이곳에 부임한 그날 저녁. 잠을 청하던 중, 이불 아래서 15cm가 넘는 지네가 나왔다.

'이곳이 바로 시골이구나!'

놀란 마음에 어찌할 바를 모르고 첫날밤에 발을 동동 구르던 때가 생각난다.

이후로 벽에서도, 바닥에서도 한동안 지네를 자주 발견했다. 그래서 이제는 습관적으로 벽을 훑으며 보게 된다. 지네뿐이 아니다. 땅벌과 말벌은 여기저기 날아다니고, 이름 모르는 벌레들이 지천에 널려 있다.

그리고 오늘. 드디어 일이 터졌다. 맨발로 무엇인가를 밟았다. 꿈틀거리는. 수많은 발이 움직이는 뭔가 이상한 느낌을 느꼈다. 느낌도 잠시 벌이 쏘는 듯한 강한 통증을 느꼈다. 15cm가 넘는 지네다. 처음에는 뱀인 줄 알았다.

'이러다가 죽지 않겠지! 잘못되는 것은 아닐까? 응급실에 가야 하나? 어떻게 하지?'

지네에 물린 적은 처음이라 죽을 것 같은 두려움이 몰려왔다. 늘 처음은 두렵고 떨린다. 응급 처치를 하고, 다른 부작용이 있는지 기다려 보았다. 다행히 통증도 가라앉고 부기도 점점 사라졌다.

아내가 말했다.
"얼마나 다행이야! 자기가 물려서. 애들이 안 물리고."

하하. 너무 다행인데, 맘은 왜 이리 서운하지!

작은 그늘

다시 더운 오늘. 뜨거운 태양. 밭을 매는 손은 더디기만 하다. 젊어서는 금세 하던 일도 얼굴에 주름이 늘고 보니 하루 일이 되어 버렸다.

생을 위한 치열한 일상. 버거운 삶의 연속. 끝이 보이지 않는 발걸음. 거친 숨이 쏟아진다. 그럼에도 필요한 잠깐의 쉼. 나에게 허락된 나무 그늘이 있어 오늘을 걸어간다.

버거운 인생이라는 광야. 풍진 오늘을 살아가는 이들에게 작은 나무 그늘 같은 목사 될 수 있기를. 그렇게 쉬어 갈 수 있는 사람 될 수 있기를. 너나 할 것 없이 오고 갈 수 있는 낮은 내가 될 수 있기를.

물난리

● 과유불급(過猶不及)

　60일 동안 비가 내렸다. 계속되는 장마에 수위가 계속 올라간다. 댐에 물을 방류해서인지 평소에 수풀로 덮여 있던 곳들도 많은 물로 덮여 버렸다. 마을에는 산의 토사가 내려와 성도의 인삼밭도 덮어 버리고, 농작물도 많이 쓰러진다. 빗방울이 떨어질수록 걱정이 많다. 평소 비를 좋아해서 빗소리가 반가우면서도 성도들의 근심 소리가 들리면 이내 따사로운 햇볕을 기도한다. 과하면 미치지 못한 것과 같다. 과하면 버겁다.

● 물 구경

　새벽부터 무서운 빗소리가 들리더니 오전 내내 어마어마한 비가 내렸다. 앞이 보이지 않는 깜깜한 비. 80세가 넘은 장로님이 이런 비는 처음이라고 하신다. 경찰관, 공무원들이 부지런히 살피고 다니신다. 사택 뒤, 하천에 물이 비로 인해 급격히 늘기 시작했다. 결국 범람 직전까지 수위가 올라갔다. 초조하고 불안한 맘으로 불어나는 물을 지켜볼 수밖에 없었다. 조금만 비가 더 내렸으면 물난리가 났을 텐데, 기적같이 비가 그치고 해가 떴다. 수위가 낮아지기 시작했다. 다행이다. 많은 일을 겪어 간다. 불구경, 물 구경, 사람 구경이 최고라고 하던데. 마을 어르신들이 잠시 비가 그치니 집에서 나오셔서 불어난 물을 구경하신다.

"볼만하네요잉~" "아따. 무섭고만….."

● 침수 앞에서

아침까지는 괜찮았는데 용담댐의 초당 3,200톤 방류로 수위가 급격히 올라갔다. 마을의 가장 앞집인 시무장로 댁은 침수 직전에 있다. 인삼밭, 고구마밭, 고추밭 등 저지대 농경지는 대부분 침수되었다.

급작스러운 일이기에 눈물도 나지 않는다. 방법이 없기에 그저 지켜만 보고 있다. 무주읍으로 나가는 앞길은 끊겨 있고, 금산으로 가는 뒷길은

살다 보면
알게 될 거야

살아 있다. 문제는 마을의 물이 빠져나갈 곳이 없어, 마을 하천이 정체되어 수위가 점점 올라오고 있다. 이대로라면 교회와 사택의 침수는 피할 수 없다. 부임한 지 몇 년 되지 않은 시간. 참 많은 일을 경험한다.

주여. 우리를 도우소서.

● 고비

모두가 잠든 늦은 저녁. 어쩌면 걱정으로 잠을 설치고 있을 지금. 홀로 마을을 돌아본다. 침수된 성도님의 집은 괜찮은지. 마을 앞 다리의 수위는 어떠한지. 어둠 속에 흐르는 물소리만 가득하다.

큰 위기를 만나면 무엇을 붙잡아야 하는지, 버려야 할 것은 무엇인지 돌아보게 된다. 우리 마을에서 가장 먼저 챙기는 것. 트랙터. 자동차 그리고 다음은 경운기. 농사짓는 곳에서는 농기구가 최고다.

오늘 밤이 고비라는데… 비야!!! 잠시 멈춰 줄래?

● 기적

위태롭게 물 앞에 있던 하루가 지났다. 참으로 길었던 하루. 다행히 마을의 침수는 면했다. 마을의 가장 첫 집인 장로님 댁도 침수를 면했다. 어제 물이 들이치는 마을 앞에 나가 시간마다 기도하고, 모두가 잠든 저녁에도 홀로 나가 기도했다. 나 역시도 침수될 것이라 여겼기 때문이다.

너무나 감사하게도 불어난 물이 장로님 댁 문지방을 넘지 못했다. 침수를 면했다. 기적이다. 나는 그렇게 말하고 싶다.

나의 기도로 간절한 소망이 이루어졌다고 말하고 싶지는 않다. 그리 쉽게 말하기에는 지금 우리가 감당하고 있는 아픔, 마주하고 있는 슬픔이 너무나 크다.

• 길 위의 기도

몇몇 분들은 주일예배에 참석하지 못하셨다. 예배를 마치고 조금의 일손이라도 보태 줄 요량으로 옷을 갈아입고 밭으로 찾아다녔다. 길에서 전동차를 타 바쁘게 움직이시는 권사님을 만났다.

"목사님. 죄송해요! 오늘 예배 못 드렸네요!"
"아니에요. 권사님. 그래서 제가 왔잖아요."

마을 길머리에서 같이 손을 잡고 기도했다. 눈물을 훔치신다. 주일성수 하지 못한다는 마음의 자책을 안고 일해야 하는 그 마음을 어찌 알겠는가. 온통 진흙투성이. 얼굴에는 피곤이 역력하고 손가락 하나 까딱할 힘이 없어도 그렇게 밭으로 향해야 하는 삶의 고단함을 어찌 설명할 수 있을까? 때론 이들 앞에 서 있는 목사의 모습이 참으로 죄스러울 때가 있다.

모두가 전동차를 타고 다니는 먼 길, 홀로 걸어가며 기도한다. 성도들을 만날 때마다 도와주려 손을 내밀어도 일손을 마다하신다. 그저 기도해 주시는 것이면 충분하다고. 어찌 목사 손에 흙을 묻히냐고 하신다. 마음은 감사한데, 눈앞에 보이는 현실은 참으로 눈물겹다.

진흙으로 범벅이 된 농작물들. 빠른 물살에 쓸려나가 반쯤 나와 있는 인삼들. 목사의 마음도 이러한데, 매일 일하며 농사지은 성도들의 마음을 어찌 가늠할 수 있겠는가.

어제와 참으로 다른 하늘. 그렇게도 기도했지만, 오늘은 높고 푸른 하늘이 참으로 야속하다.

●수습

성도들 대부분의 농경지가 물에 찼다. 고추, 땅콩, 고구마, 감자, 들깨, 참깨, 벼, 콩, 등등… 짧게는 올 한 해 농사지은 것부터 몇 년 동안 농사지은 것이 사라졌다.

특히 많은 성도들이 인삼을 재배하기에 인삼밭 침수는 너무나 치명적이다. 인삼은 습기에 약하기에 썩을 수밖에 없다. 오늘 모두 캐어야 한다. 그래야 조금이라도 건질 수 있다. 어느 권사님은 아들의 친구, 손주의 친구까지 와서 인삼을 캐내었지만, 일손이 없는 원로장로님은 그냥 방치하고 있다.

88세. 지팡이를 의지하지 않으면 비틀거리며 걷기도 힘든 그 몸으로 무거운 농약통을 지고 고추에 농약을 친다. 그저, 할 수 있는 것부터 하는 것이라고. 이것이 하나님의 뜻이겠거니. 더 좋은 것으로 채워 주시겠거니 하는 마음으로 슬프고 애타는 마음을 감추고 묵묵히 수습하고 있다.

콩 터는 소리

타닥타닥. 콩 터는 소리. 이 더운 폭염주의보에 뜨거운 비닐하우스 안에서 콩을 터신다. 하우스에 들어가 보니 숨이 콱 막히는 게 한증막도 이런 한증막이 없다. 냉동실에 넣어 놓은 시원한 음료수를 가져다드렸다.

"목사님이 살렸네요! 시원한 음료수를 마시니 살 것 같아요."

일을 해 드린 것도 아니고 그저 음료수 가져다드린 것뿐인데. 뭐 큰일이라고! 고된 노동으로 힘을 소진하여 병뚜껑 하나 따지 못하고 부들거리는 손을 보니 마음이 미어진다.

이놈의 시골은, 1년 365일 쉴 때가 없다. 더우면 더워서. 추우면 추워서. 해가 뜨면 해가 떠서. 비가 오면 비가 와서. 늘 일이 있다.

나이가 들어갈수록 골병만 들어간다. 타닥타닥 콩 터는 소리가 슬프게 들리는 이유다.

참 슬픈 콩 터는 소리. 해마다 콩 터는 소리는 변함이 없는데 일하는 시간은 점점 늘어간다.

살다 보면
알게 될 거야

재난지원금

무주에서 코로나 2차 재난지원금이 나왔다. 마을 어르신들이 한참 일 하시다가 지원금을 받으려고 마을 정자에 모였다. 이런저런 이야기를 나누다가 내일 점심에 노인 일자리 마치시고, 정자에서 식사한다는 소식을 듣고 어른들 고깃국 끓여 드시라고 소고기를 준비했다. 30여 분이 드셔야 해서 생각보다 비용이 많이 나왔다.

지역에 코로나 확진자가 없어서, 식사를 할 수 있는 것이기도 하지만 각자 집에서 식사를 준비하는 것도 쉽지 않다. 워낙 고령이시라 혼자 식사하시는 것도 힘들고, 식사를 하신다고 해도 부실할 수밖에 없다. 늘 입맛이 없다고 찬물에 밥 말아 먹는 것이 전부일 때도 있다. 코로나 이전에는 마을회관이나 정자에 모여 함께 식사를 하셨다. 집에서 혼자 드시는 것에 비하면 늘 넉넉하고 풍성하게 드셨다.

올해 어른들에게 식사라도 대접하고 싶었는데, 코로나 때문에 기회가 없었다. 쌀쌀해진 요즘. 뜨끈한 고깃국 한 그릇 대접해 드릴 수 있어서 마음이 좋다. 그렇게 재난지원금은 내 손을 잠깐 스치고 지나갔다.

용납

옆집에서 자꾸 나뭇가지가 넘어온다. 나뭇가지에 열매가 맺혔다. 열매를 먹으려고 새들이 몰려든다. 새가 몰려드니 똥을 싼다. 수많은 새의 흔적들.

너무 화가 난다. '저 가지 잘라 버리든지 해야지' 짜증이 난다.

그러다가 어느 날. 한 발자국 뒤로 물러서 바라보니 나쁘지 않다. 제법 이쁘다. 그렇게 화가 나던 것도 한 발자국 물러서니 별일이 아니다. 담을 넘어와 침해당하고 빼앗겼다고 생각해 분해하던 것도 원래 있었겠거니, 함께 가는 것이겠거니 생각하니 도리어 나름의 감성이 있다.

한 발자국. 용납의 거리. 다른 세상을 발견하는 마음의 여유. 용납하면 다른 세상이 열리는구나.

아버지의 손

지역에 코로나 확진자가 발생해서 둘째가 다니는 어린이집이 휴원을 했다. 벌써 함께한 지 2주일째. 함께 하는 시간이 많아질수록 서로 다툴 일들이 많아진다.

비 그친 오전. 둘째와 산책을 나왔다. 뭐가 그리도 좋은지. 웃음이 그치지 않는다. 따가운 햇볕도, 갑자기 내리는 소나기도, 차가운 바람도 함께하니 소중하다. 걷는 도중 갑자기 센바람이 불었다.

"하이야. 바람이 세게 불어서 하이가 날아가면 어떻게 하지?"

"뭘 어떻게 해? 아빠 손 잡으면 되지. 그럼 괜찮잖아."

그 한마디가 내 맘을 크게 울렸다.

"맞아! 아빠 손만 붙잡으면 되는 건데…."

크고 작은 역경 속에 얼마나 번번이 하늘 아버지의 손을 놓으려 했던가. 잡았다가 놓았다가. 이랬다가 저랬다가.

'나도 하늘 아버지의 손만 붙잡고 살아가면 되는 것을….'

아빠의 손을 붙잡은 딸을 보며 나를 돌아본다.

2장

살며,
사랑하며

채찍질

며칠 전, 함께 같은 교회를 섬겼던 권사님과 통화를 했다. 1년에 한, 두 번 연락하는 것 같다. 자주 하는 연락이 아니기에 안부를 묻고 이런저런 이야기를 나누다가 권사님의 한마디가 마음을 울렸다.

"목사님이 말로만 하지 않고 스스로 어려운 길을 택하고, 묵묵히 좁은 길을 찾아가는 것이 성도에게 있어서는 큰 위안이 됩니다. 성도에게는 목사님이 희망입니다."

시골교회 목사에게 전한 위로의 말일 테지만 그 한마디가 나에게 큰 울림으로 다가왔다. 그 울림으로 지난 시간을 돌아보았다. 스스로는 열심히 한다고는 했지만 부족하고, 부끄러운 마음들이 여전히 남아 있다.

선배 목사님이 그랬다. 농촌교회는 편하려면 한없이 편하고, 일을 찾아서 하면 일이 끝이 없다고. 나는 과연 어디에 서 있는가.

희망. 참 과분한 말이다. 그저 희망까지는 아니더라도 부끄럽지는 않도록 살아야겠다. 이 시대, 오늘을 살아가는 시골교회 목사의 바람이다.

경운기 사고

오늘 원로장로님께서 예배에 나오지 않으셨다. 자리를 비우실 분이 아니시기에 이상하다 싶어서 예배를 마치자마자 댁을 찾았다. 아니나 다를까. 그제 경운기 사고로 몸 오른쪽에 멍이 새파랗게 들었다. 다행히 뼈에는 이상이 없지만, 통증이 심하다고 하신다. 혼자 움직이지 못하시기에 엉덩이, 어깨, 허벅지에 파스를 붙여 드렸다.

인삼밭의 총대(나무 기둥) 썩은 것을 불태우시려고, 경운기에 가득 싣고 집 앞에 왔는데 경운기 브레이크를 당기지 못해 경운기 앞머리가 턱을 타고 올라가면서 넘어지셨다. 얼마 전 뉴스에서 경운기에 깔려 죽은 노인들의 소식을 들은 터라 등골이 서늘해진다. 제발 좀 농사짓지 말라고 간청을 하고 농사 좀 줄이라고 잔소리를 해도 '늙은이가 농사도 안 하면 더 빨리 죽는다'고 대꾸하신다.

사람이 그렇다. 경운기에 깔려 당장 죽을 것은 생각하지 않으면서도 오래 살고 늦게 죽을 것을 생각한다. 자녀들의 말도 듣지 않는데, 어린 목사의 이야기라고 귀담아듣겠는가. '목사에게 이래라저래라 잔소리하는 그 마음으로 목사가 하는 말을 한마디라도 들으면 좋을 텐데…' 하는 마음이 가득하다. 하루라도 더 보고 싶어 하는 마음을 알지 못하는 듯하다.

이제 농사 못 하겠다고, 안 하겠다고 하신 지가 2년이 넘었다. 그리고 매년 농사를 짓고 있다. 혼자 몸도 가누지 못해 어지러워 쓰러지고, 발에 걸려 넘어지고, 얼굴에 피멍이 들고 움직이지 못하면 목사는 어김없이 가서 기도하고 돌보아 드린다. 문제는 계속되는 이런 일상에 마음이 무거워진다. 그러면서 '조만간 장례를 준비해야 하나?' 하는 생각도 든다.

나이가 들고 아픈 것은 막을 수 없더라도 스스로 위험이 되고, 해가 되는 것은 자제해야 하는데 분별하지 못하신다. 지금 나이가 88세인데, 본인은 70세를 사신다. 오늘 원로장로님이 예배에 나오지 못하셨다. 이러다가 계속 나오지 못할까 싶어 마음이 서늘하다.

깜빡 깜빡

우리 성도 몇 명이 모여서 수확한 고추를 가려내고 계셨다. 그러더니 한 성도님이 가스 불에 콩나물국을 올리고 오셨다고 말씀하셨다. 언제 올려놨는지 생각이 나지 않고, 올려놓은 것만 생각이 난다고 하셨다. 올려놓은 것도 확실치 않고, 올려놓은 것 같다고 하신다. 혹시 몰라서 성도님 댁에 부리나케 달려갔더니 냄비가 타고 있었다.

불을 끄고, 창문을 열고. 아무리 불에 대한 주의를 드려도 그때뿐이지 늘 깜빡 깜빡. 그도 그럴 것이 어르신들 연세가 80을 넘으셨으니 건망증과 치매를 왔다 갔다 하신다. 자녀들도 어느 정도 인식을 하고 있지만 검사하기를 꺼려한다. 아마도 인정하기 싫은 것과 치매라 하더라도 딱히 방법이 없으므로 그러려니 하고 지내는 것이다. 그런 분이 한두 명이 아니다.

인생의 뒷모습을 마주할 때면 많은 것을 생각하게 되고, 많은 것들을 느끼게 된다. 남의 이야기가 아니라 내 할아버지 할머니가 그러했듯이 앞으로 내 아버지 어머니가 그럴 것이듯 그 속에서 나를 마주하기 때문이다. 이럴 때면 말로 설명 못 할 여러 감정이 요동친다.

살다 보면
알게 될 거야

가을, 농촌의 오후

넣어놓았던 볍씨를 다시 거둬들인다. 할머니 성도 세 분이 고생하는 모습에 도와드린다고 말씀드려도 한사코 거절하신다. 먼지가 많이 난다고. 몸이 까끌거린다고.

피곤이 드리운 얼굴과 점점 더 굽어 가는 등이 할머니들이 살아온 삶을 보여 주고 있다.

아이들의 미소

아이들의 미소를 마주할 때면 내가 아빠로서 무엇을 해 줄 수 있을까를 고민한다. 시골에 있는 지금. 이곳에서 할 수 있는 것들이 많지 않다. 아니. 거의 없는 것 같다.

내년이면 초등학교에 입학하는 첫째. 한 반에 5명도 되지 않을 것 같고 오빠를 따라서 유치원을 옮겨야 하는 둘째. 둘째네 반도 친구가 많지 않을 것 같다.

너무나 열악한 현실. 신앙 교육이라 할 것도 없어서 잠자기 전, 성경 동화 읽어 주는 것이 전부인 시골목회. 늘 미안한 마음이다. 그럴 때마다 마음을 다잡으며 하나님께 신뢰하고, 맡기고, 의지하며 내가 할 수 있는 것들을 찾아본다.

"평안을 너희에게 끼치노니 곧 나의 평안을 너희에게 주노라 내가 너희에게 주는 것은 세상이 주는 것 같지 아니하니라 너희는 마음에 근심도 말고 두려워하지도 말라(요한복음 14:27)"

민들레 홀씨 되어

올해 수해로 인해 교회 성도님들에게 많은 피해가 있었다. 다행히 집이 침수되지는 않았지만, 올해 농사를 포기하다시피 해야 했다. 특별히 오랜 기간 재배하던 인삼의 피해가 컸다.

전주 함께하는 교회, 최훈창 목사님과 성도님들이 수해 의연금을 모아 대유교회로 보내 주셨다. 어렵다는 소식을 지나치지 않고 마음을 모아 주셨다. 지금 상황으로는 수해로 인한 피해보상을 받을 수 있을 것 같진 않지만, 우리를 향한 이 손길이 얼마나 큰 힘이 되는지 모른다.

어려움 속에 있는 이들에게는 혼자 있지 않다고 느껴지는 것만으로도, 누군가 함께 지켜보고 기도해 주고 있다는 그것만으로도 큰 위안이 된다.

가장 어려운 몇 가정을 선정하여 수해 의연금을 전달해 드리기로 했다. 늘 생각지 않았던 도움과 손길에 감격할 때가 있다. 그렇기에 모질게 느껴지던 순간들도 꽃길이 되어 걸어가게 되는 것이다. 때를 따라 돕는 은혜가 무엇인지 체험하며 살아간다.

늘 도움을 입을 때마다 언젠가 나에게 기회가 된다면 내가 받고, 누리고 살았던 것처럼 흘려보내며, 나누며 살고 싶다는 마음이 간절해진다. 민들레 홀씨처럼, 민들레 홀씨 되어. 바람을 타고 훌훌 날아 누군가에게 의미가 되어 주는 때가 있었으면 좋겠다.

    택함을 받았으니 기뻐하지 않을 수 없고,
    나눔을 받았으니 나누지 않을 수 없으며,
    은혜를 입었으니 감사하지 않을 수 없고,
    사랑을 입었으니 전하지 않을 수 없다.

붉은 십자가

안개 낀 이른 새벽. 새벽예배를 마치고 밖에 나오니 마른 나무 뒤에. 붉은 십자가가 보인다. 겨울을 준비하는 앙상한 가지를 볼 때마다 지금껏 살아온 늙은 성도들의 삶이 비친다.

그때마다 내가 왜 이곳에 서 있는가를 매일 묻는다. 그것은 아마도 광야와 같은 인생의 가장 어려운 길을 가는 성도들과 함께 그 길을 걸어가기 위함이 아닐까 하고 스스로 답해 본다.

지금껏 걸어온 광야, 그리고 걸어갈 광야. 그렇게 붉은 십자가를 보며 우리는 그렇게. 함께 걸어가고 있다.

맥심 커피

아침마다 공공근로 일하시는 어르신들. 우리 성도들도 많이 일하신다. 나이 들면 추위도 많이 타시는데 추워지는 날씨에 청소하시다가 양지바른 곳에 옹기종기 앉아 잠깐의 쉼을 누린다. 이때를 놓치지 않고 따뜻한 물과 커피를 가지고 달려간다. 역시 이럴 땐, 달달한 맥심 커피가 최고.

나의 마지막 목사

걱정되는 마음에 원로장로님을 찾아뵈었다. 작년 이맘때만 해도 부지런히 움직이셨는데, 경운기에서 떨어지신 후로 기력을 회복하지 못하고 계신다. 주일에도 걷지를 못하셔서, 차로 댁까지 모시고, 집 안까지 업어서 옮겨 드렸다. 다리에 힘이 없어서 자꾸만 넘어지신다. 그래서 팔이 찍히고 찢긴 상처들. 시퍼런 멍이 가득하다. 얼마 전에는 머리도 부딪히셨다. 상처를 볼 때마다 마음이 무너져 내린다.

"이제 하나님이 불러 주셔서 하늘나라 가고 싶다."라고 말씀하시는데 평소 이러실 분이 아니시기에 그동안의 고단함이 느껴진다. 환부에 손을 얹고 함께 기도할 때 느껴지는 간절함과 절박함 그리고 흐느끼는 눈물. '참. 많이 약해지셨구나!'

혼나다가 정들고 싸우다가 애틋해진 사이.

"목사님이 제가 모시는 마지막 목사님입니다."

부임할 때 하신 말씀이 귀를 맴돈다.

돌아가신 아내 권사님 봉분 주변을 정리하시던 장로님을 몰래 찍은 사진이다. 이때는 참 정정하셨었는데….

보고 싶은 얼굴

성도님 두 분이 무릎 수술을 하셨다. 한 분은 걷지 못하셔서 늘 전동차를 타고 다니셨다. 나이가 85세가 넘으셨는데 저녁마다 통증이 심하셔서 잠을 주무시지 못하셨다. 극심한 통증으로 일단 한쪽만 수술을 하셨다. 두 쪽 무릎을 수술하신다고 하셨는데 수술하고 보니 너무 아파서 다른 한쪽은 못하겠다고 하신다. 지금은 딸이 있는 광주에서 회복 중이시다.

다른 집사님은 오른쪽 무릎 수술을 마치고 재활 중에 있다. 나이가 올해 81세이신데 오래전 왼쪽 무릎을 수술하시고 이번에 오른쪽을 하셨다. 첫째 아들이 있는 대전에서 입원 중에 계신다.

코로나로 찾아뵙지도 못하고 미안한 마음으로 전화를 드리니 목사가 전화해 주었다고 너무나 반가워하신다. 너무나 보고 싶은 얼굴들. 목소리만 들어도 눈시울이 붉어진다.

올해 너무나 많은 성도님들이 편찮으시다. 평생 농사지으며 망가진 몸으로 나이 든 지금 힘들어하신다. 예배 때마다 성도님들의 빈자리를 보면서 기도하지만 허전한 마음을 감출 수 없다.

직접 찾아뵙고 손잡아 드리지 못하는 요즘. 이 밤, 주님께서 집사님들을 위로해 주시고 치유해 주시기를 간구해 본다.

타산지석

시골교회 목회자에게 있어서 꼭 있어야 할 것이 무엇일까. 타산지석 (他山之石). 지역에 그리고 주변의 목회자들을 보면서 나를 비춰본다.

비교의식. 열등감. 피해의식이 자신을 좀 먹는다. 매일 자기 자신을 돌아보며 마음을 다잡지 않으면 목사의 직은 세상과 다르지 않다. 다름이 없어진다.

변치 않는 사명감. 그리고 오늘을 내딛는 담대함. 묵묵한 믿음이 없으면 작은 돌멩이 하나에 고꾸라질 수밖에 없다.

주위를 보면 스스로 자랑하나 고꾸라져 신음하는 이들이 많다. 늘 자기 상처를 핥으며 반복되는 불평 속에서 오늘을 소비한다.

우리네 삶은 사명으로 이어져 있고, 우리는 오늘 길 위에 살아간다.

떠나는 목사

안개 낀 시골 마을의 아침. 추운 날씨에 스산한 안개 그리고 부슬부슬 내리는 빗방울이 몸을 더 움츠러들게 한다. 지역 목사님께서 사역지를 옮기셔서 방문한 마을에서 폐교를 만났다.

부서지고 쪼개지고 사람의 흔적이 사라진 건물에는 켜켜이 쌓은 역사는 있지만 온기가 느껴지지 않는다. 어쩌면 이것이 오늘날 시골 목사가 마주하고 있는 시골목회의 현장이 아닐까 생각해 본다.

오고 가고, 만나고 헤어지고, 스치듯이 지나가는 인연. 3년짜리 시골교회 목회자는 맘 편히 머리 누울 자리가 없구나. 허울뿐인 목사의 자리는 서글프다.

가진 것도 없이, 가질 것도 없이, 가져온 평생 삶의 소유. 1톤 트럭 3대 분량의 짐들.

떠나는 이를 배웅하는 백발 할머니는 서운함에 주변을 서성거리고 살던 곳을 정리하는 서운한 시선은 알면서도 차마 눈을 마주치지 못한다.

한기를 머금은 차가운 산 공기가 서로를 더 멀어지게 한다. 오늘은 왜 이리 추운지. 그러다가 햇볕이 들고 다시 추위는 잊혀져 가고.

고장 난 손

공공근로 하신다고 어르신들이 고
생하신다. 추운 날씨에 불을 피워 온
기를 느낀다.

평생의 고생이 쌓여 있는 고장 난
손. 훈장과도 같은 두 손을 부끄럽다
고 자꾸만 감추신다. 그래서 우리 성
도님들을 볼 때마다 두 손을 꼬옥 잡는다. 손을 잡아도 비비적비비적. 때
론 깍지를 끼기도 하고 자주 안아 드린다.

나는 우리 성도들의 고장 난 손이 자랑스럽다. 그리고 너무 좋다. 내가
손발이 차가워서 어른들에게 온기를 줄 수 없지만 도리어 성도들에게 온
기를 얻지만 두 손을 꽈악 잡으며 사랑을 전한다.

내년에는 손잡지 못하는 분이 몇 분이나 계실까? 늘 이런 걱정 속에 하
루를 보낸다.

교회 담 밖으로

우리 마을에는 교회가 두 개 있다. 무주 지역 작은 마을에 교회가 두 개가 있는 곳은 우리 마을밖에 없다. 이전 어른들의 분쟁으로 교회가 분립하여 교단을 달리하는 교회가 두 개 존재하게 되었다. 어쨌든 교단이 다르고, 교회의 일이기에 늘 언급하는 것은 조심스럽다.

옆 교회 목사님께 연락이 왔다. 성탄절에 어떻게 예배드리냐는 질문에 거리두기 2.5단계를 고려해서 가정예배로 대신하기로 했다고 말씀드렸다. 잠시 후 본인 이야기를 하신다. 요점은 성탄절에 성도들과 성탄송을 돌 테니 그리 알고 있으라는 말이었다. 내가 잘못 들은 줄 알고 다시 여쭈었다. '성탄송'을 하신다고 하셨다. 그것도 굳이 우리 교회 앞에도 하신단다. 사택에는 오지 않으신단다. 큰 배려에 감사하다. 허허.

이곳 시골에서 사역하면서 이해되지 않는 일들 속에 때론 억울하고 답답한 일을 당하고 생채기 나서 피나는 마음을 도닥이며 목사의 직을 감당하는 것은 하나님의 부르심 이전에 성도들을 '부모'라고 생각하기 때문이다. 내 부모라 생각하면 때론 화도 내고 성질도 낼까 하여, 내 부모가 아니요 도리어 남의 부모라 생각한다. 그렇기에 더 참을 수밖에 없고, 더 존중할 수밖에 없으며 더 안아 줄 수밖에 없고, 더 사랑할 수밖에 없다. 타지에 있는 자녀들이 의탁할 사람이 없어 이곳 목사에 맡겨 놓으신 분들이라 생각하기에 더 마음을 쏟게 되는 것이다. 그런데 나이가 70이 넘어 80, 90이 되는 분들을 모시고 이 추운 날에 성탄송을 하신다고? 코로나19로 모든 것을 멈추자고 하는 이 상황에서? 하고 싶은 말이 많다.

나는 나의 목회 철학이 옳다고 말하고 싶지도 않고, 강요할 생각도 없으며, 반대로 당신의 생각이 틀렸다고 말하고 싶지도 않다. 나는 그저 나의 길을 걸어갈 뿐이다. 나도 성질이 못돼 먹어서 그러려니 하고 그냥 모른 척하면 될 일인데 아직 사람이 덜되어서 혈기가 오른다. 너무 슬프다. 그리고 아프다.

"우리 교회 목사님이 도대체 왜 저러는지 모르겠어요."

옆 교회 성도의 푸념을 들으며 목사임이 부끄러웠다. 부끄러워 고개를 쳐들 수가 없다.

자기 생일임에도 자녀들에게 '내려오지 말라'고 하는 어르신들. 이유는 하나다. 예배드리기 위해서이다.

"혹여나 너네가 내려와서 나 코로나 걸리면 예배 못 드리니까, 교회 못 가니까 내려오지 말아라."

이런 성도들이 모든 예배를 가정예배로 대신하기로 하셨다. 코로나19가 잠잠해지면 다시 모이기를 소망하면서. 교회 와서 함께 얼굴 마주하기를 기도하면서. 이런 성도들에게 부끄러워 고개를 쳐들 수가 없다.

목사는 세상과 다분히 소통해야 하지만 교회 안에 갇혀, 자기 안에 갇혀 막힌 담을 쌓아 가는 모습을 보면서 오늘날 다른 세상을 살아가고 있는 사람들을 본다. 묵묵히 세상과 소통하며 사역하는 목사님들에게 폐가 되지 않기를 바란다.

바깥이 많이 차다.

성탄 인사

모두가 맞이하는 성탄절이지만, 어쩌면 누군가에게는 인생의 마지막 성탄절일 수 있기에 가만히 있을 수 없었다. 비록 얼굴을 마주하고 예배할 순 없어도 조그만 온기 하나 전해 주고 싶어 아이들과 성탄 선물을 나누었다.

성탄 7종 세트. 하나하나 소박한 것들이지만 모아 놓으니 제법 풍성하다. 전병, 만두, 양말, 소독제, 핫팩, 마스크, 수세미, 목회서신과 가정예배 순서지. 이를 위해 많은 분들이 도와주셨다. 늘 갚지 못할 사랑을 받으며 살아간다.

영하의 추운 날씨에 아이들과 카트를 끌고 선물 나누고 성탄 인사를 전했다. 여분이 많지 않아 원래는 성도들에게만 전하려 했는데 마을 어르신들. 일하시는 분들, 공사하시는 분들, 만나는 이들에게도 성탄 선물을 전했다.

성탄의 의미는 다 다르겠지만 우리는 모두는 같은 성탄의 오늘을 살고 있으니. 그리고 멀리서 나오시는 집사님을 만나러 꼬불꼬불 산길을 달려 선물을 전했다. 산속에서 보는 하늘은 왜 이리 맑고 푸른지. 많이 걸어서

다리가 아프다고 투정하는 아이들을 달래며 함께 산길을 걸었다.

모두가 잠시 멈추어야 하는 지금.

서로를 생각하는 우리의 사랑은 멈추어 있지 않기를.

성탄을 기억하는 우리의 믿음은 퇴보하지 않기를.

멈춰 있는 오늘로 다시 도약할 수 있기를.

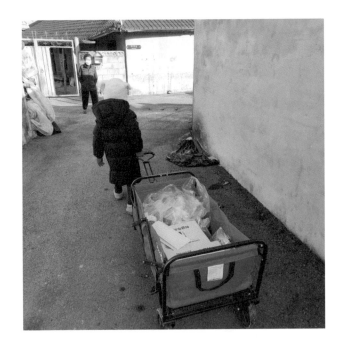

살다 보면
알게 될 거야

호박 위로

오후에는 뵙지 못했던 보고 싶은 성도님들을 찾아뵈었다. 후원받은 쌀을 나눠 드리면서 안부를 전했다. 쌀을 받은 성도님이 고마운 마음을 표현하셨다.

"목사님, 뭘 쌀을 가져오셨데요? 목사님이 더 힘드신데…."

"없어서 드리나요. 집사님이 생각나서요. 집사님이 좋아서 드리는 거죠."

들은 말을 생각해 보니

'허허허 그 말이 맞네. 우리 마을에서 형편이 가장 어려운 집이 바로 우리 집이었네….'

대부분은 농사를 지으시니까 본인 생활할 것들은 있으시니, 생각해 보면 집사님 말씀이 틀리지는 않는다. 가끔은 잊고 사는 것이 많다. 아니 일부러 잊고 산다. 기억해서 좋지 않은 일들도 많은 법이니.

영화「베테랑」의 대사로 기억된다. "우리가 돈이 없지 가오가 없냐?"

목사가 돈 보고 살면 어찌 여기 서 있나 싶다. 돈이면 다 되는 세상에서 돈으로 되지 않는 가치를 붙들고 사는 것이 결코 쉽지 않지만 세워 주신 분의 뜻을 따라 하루 또 하루 묵묵하게 살아 낸다.

심방을 마치고 돌아오는 길. 노란 햇볕을 머금은 줄줄이 호박들. 처마에 달려 밝게 빛나는 그 모습이 신기하게 위로가 된다.

손 썰매

심한 추위로 하천이 얼어서 유치원 하원하는 길에 아이들과 함께 남대천을 찾았다. 어렸을 때, 얼음 위에서 놀아 본 아이가 몇이나 있을까 싶고 이런 추위가 아니면 쉽게 경험하지 못할 것 같았다. 아이들 손을 잡고 꽁꽁 언 남대천 얼음 위로 올라갔다.

집에서 썰매를 가져와서 타는 사람도 몇이 있다. 첫째는 얼음을 깬다고 얼음을 두드리고 있고, 둘째는 엉덩방아 찧고 울고 있다. 도구가 아무것도 없어서 아이들 손을 잡고 끌어 주었다. 이름하여 "손 썰매"다.

집으로 돌아오는 길에 내가 어릴 적에 냇가 얼음이 깨져 목숨을 잃은 동네 아이의 이야기를 해 주었다. 지금 생각해 보면 첫째 아이와 비슷한 또래였던 것 같다. 지난 이야기지만 갑자기 생각이 났다. 시골 작은 동네의 슬픈 기억 중 하나다.

뒷길

아무도 신경 쓰지 않는 뒷길. 앞에 있는 큰길은 제법 제설이 되었는데 뒷길은 눈 쌓인 그대로다. 홀로 눈을 쓸며 길을 만들었다. 마을 어르신들, 할머니들이 뒷길을 많이 걸으시기 때문이다. 자동차의 위험도 없지만 남의 시선에서 자유롭기 때문이다. 아무도 신경 쓰지 않는 뒷길을 열어 주어야 자유로울 수 있다. 시골 아낙의 삶은 뒷길에 녹아져 있다.

산길을 따라

무주에 코로나 확진자가 발생하여 대면예배를 연기했다. 도시처럼 온라인 예배가 어려운 상황이라 가가호호 심방을 한다. 왜 이리 추운지 손발이 잘려 나갈 것 같다. 마스크도 얼어 버리는 추위다.

주일예배 순서지, 설교문. 나누지 못한 올해 주신 말씀과 가정에 주신 말씀 액자를 나누어 드렸다. 네비게이션에도 나오지 않는 산길을 올라가다 차가 미끄러져 도보로 한참을 올라간다. 왕복 30분은 더 걸린 듯하다.

살다 보면
알게 될 거야

'하하… 이게 목회하는 맛 아니겠는가.'

아내와 사진을 찍으며 괜시리 웃음이 난다. 어이없는 추위에는 그냥 웃음이 난다.

오지에 사시는 분들은 인천에서 귀농하신 집사, 권사님 가정인데 섬기는 교회가 있어서 우리 교회는 등록하지 않으시고 인천에 가지 못하실 때만 출석하신다. 마을에 섬기는 교회와 같은 교단 교회가 있음에도, 다른 교단인 우리 교회 나오시는 것은 아직도 이해되지 않는데 언젠가 꼭 여쭤볼 참이다.

이 힘든 산길을 달려 찾아뵐 수 있는 이가 있음이 얼마나 감사한지…. 그래도 정말 춥다. 진심으로.

무엇과 싸우는가

언젠가 일이 있어 지인 소유의 차를 탄 적이 있었다. 지인의 차에서 이상한 장치를 발견했다. 주행 중에 안전벨트를 하지 않으면 경고음이 나는데 소리가 나지 않도록 안전벨트 버클을 대신 끼워 놓은 것이다. 운전할 때 귀찮다고 안전벨트를 하지 않고 자동차 경고음을 막기 위해 가짜 안전벨트 설치한 것이다. 그러다가 안전벨트 미착용을 단속하는 경찰관을 발견하고는 급하게 진짜 안전벨트를 하던 모습이 선하다.

이 안전벨트는 누구를 위한 것이었을까? 경찰관의 실적을 위한 것이었을까? 운전자의 생명을 위한 것이었을까?

오늘 이상한 소문을 들었다. 주일 오전 10:30에 드리는 예배를 아침 8시에 드린다는 것이다. 사람을 분산시키고, 방역을 위한 것이 아니라 담당 공무원을 피해 몰래 예배한다는 소문이다. 예배를 알리는 타종도 하지 않는다 한다. 마을 주민들이 알면 좋아하지 않기 때문이란다.

무주에 코로나 확진자가 발생하여 밀접 접촉자들을 격리했다는 안내 문자가 오고, 아직은 추이를 지켜봐야 하는 상황이다. 그래서 우리 지역, 같은 교단의 목사님들은 코로나로 인해 대부분 대면 예배를 연기하거나 다른 방식으로 예배를 전환했다. 그럼에도 같은 교회이기에 들리는 소문

들이 부끄럽기만 하다.

우리는 누구와 싸우고 있는 것일까? 담당 공무원일까? 코로나일까? 사회적 거리두기는 누구를 위해 시행하고 있는 것일까? 정부와 공무원들일까? 대한민국 국민들일까? 왜 마스크를 쓰고 다니는 걸까? 10만 원의 범칙금을 피하기 위해서일까? 우리의 생명을 위해서일까? 가끔씩은 무엇이 중요한 것인지, 무엇이 본질인지를 잊고 살 때가 있다.

예배는 하나님께 드리는 것이기에 범할 수 없다고 외치는 강단의 외침 뒤에 나의 믿음을 위해서는 상식을 저버리고 어떤 거짓이라도 할 수 있다고 성도들에게 암묵적으로 가르치고 있는 것은 아닌지. 성도는 세상과 다르니 세상의 법을 지키지 않아도 된다고 가르치고 있는 것은 아닌지. 가르치는 이들은 돌아볼 일이다.

세상 위에 있는 교회, 상식 위에 있는 기독교. 이웃 위에 있는 성도 말뿐인 사랑을 믿을 수 있을까. 과연 교회가, 목회자가 세상을 향해 정의와 공정, 사랑과 평화를 선포할 수 있을까.

떳떳하지 않다면 하지 말아야 하고, 떳떳하다면 하지 말라 해도 해야한다. 하더라도 당당히 해야 한다. 하더라도 감추지 말고 해야 한다. 그리고 마땅히 감내해야 할 것은 감내해야 한다. 그렇지 않다면 우리가 붙들고 있는 것을 우리 스스로가 너무나 하찮은 것으로 만들게 된다.

공무원의 눈을 피해 예배를 마치고 집으로 돌아가는 성도들은 무엇을 경험했을까? 단속에 걸리지 않았다는 안도감일까? 그래도 예배했다는 시원함일까? 나는 너와 다르다는 우월함일까? 나는 아직 어떤 감정인지 경험해 보지 못해 이번 주일은 그 교회에 가서 예배드려야 하나 고민 중이다.

아들과 딸이 성인이 되어, 운전을 하게 되면 아버지로서 나는 무엇을 먼저 가르쳐야 할까. 안전벨트 착용을 가르쳐야 할까? 아니면 가짜 안전벨트 버클을 구입해서 선물해야 할까? 가끔은 무엇이 옳은 것인지 혼란스러울 때가 있다.

자녀는

얼마 전만 하더라도 사고 후유증으로 제대로 걷지 못하셨던 장로님이 이제는 목발을 짚고 걸으신다. 그렇다고 온전히 회복된 것은 아니다. 걸어서 예배에 나오실 수 있는 정도이다. 안타까운 마음에 주일이면 댁에서 교회로 그리고 교회에서 댁으로 모셔드렸다. 워낙 자존심이 강하신 분이라 지금은 목발로 충분하다고 목사의 도움을 뿌리치신다.

언젠가 움직이지 않는 다리를 끌면서 기어서 예배 자리로 가시는데, 지켜보는 목사의 마음이 아파서 제가 업어서 모시겠노라 말씀을 드렸다. 그때 하신 장로님의 말씀이 기억에 남는다.

"젊어서는 고개 들고 들어가던 이가, 이제는 나이 들어 기어서 '주의 전'에 들어가네요. 목사님 마음 아파 말아요! 걸어서 가든, 기어서 가든 자녀는 부모 집에만 가면 좋은 것이니까요!!!"

그 마음이 느껴졌다. 이분에게는 오고 가는 모든 과정이, 모든 시간이 예배였다. 연륜에는 깊이가 있다. 범접할 수 없는. 그래서 겸손할 수밖에 없는 그 무엇이 있다.

온기

오랜 시간 함께했던 청년으로부터 아버지의 부고 문자를 받았다. 홀로 오롯이 아픔을 견디고 있을 신앙의 동지를 생각하니 곁에 있어 주지 못함이 미안하다. 마음이 어렵다.

날은 풀려 가는데 햇볕이 들지 않는 마당은 눈이 녹지 않는다. 더욱 춥게 느껴진다.

사람의 마음에도, 얼어 있는 마당에도, 눈 쌓인 장독대 위에도 따스한 햇볕이 필요하다. 우리에게는 온기가 필요하다.

아지랑이

이른 아침. 쌓여 있는 눈 위로 아지랑이 피어오른다.

온기는 한 발자국 걸어오고 봄은 두 발자국 다가온다.

추위를 머금은 돌멩이 아래 차가운 강물은 변함없이 흐른다.

"주 여호와는 나의 힘이시라 나의 발을 사슴과 같게 하사 나를 나의 높은
곳으로 다니게 하시리로다(하박국 3:19)"

아름다움

두 발을 딛고 있는 땅바닥에도 아름다움이 있다.

우리는 늘 아름다움을 딛고 산다.

경계

한 발 가까이 다가가는 용기.
한 발 물러서는 긴장.
그 사이 어딘가에 있는 온기.

뜨겁거나 차갑거나
찾아야 할 온기의 균형.

노인의 시간

노인들만 있는 교회에는 더 좋고 나쁨이 없다. 나쁨이 있고, 더 나쁨이 있다. 그것이 육체이든 정신이든 혹 영적인 일이든.

무릎 관절 수술을 하신 집사님이 집으로 오셨다. 반가운 마음으로 찾아 뵈었다. 평생 농사하시느라 고장 난 무릎을 가지고 사셨다. 나이가 들어 통증으로 잠을 잘 수 없어서 87세의 나이로 수술을 하셨다. 파킨슨병으로 20년이 넘도록 집에만 계시는 권사님을 집사님께서 혼자 간병하시고 돌보셨다. 그러면서도 홀로 나가서 농사를 지으셨다.

얼굴을 뵈니 안색이 많이 좋아지셨다. 이제 걸을 수도 있고, 무엇보다 통증이 없어 좋으시다고 한다. 그런데 수술 후에 정신이 온전하지 않으시다. 이야기하는 도중에도 전과는 다른 모습을 발견한다. 아버지의 모습을 보며 딸은 "목사님. 이해해 주세요. 아버지가 많이 변하셨어요. 원래 안 그러시는 분이신데…."

이제는 별로 놀라지 않는다. 이제는 그러려니 한다. 성도님들 태반이 그러하기 때문이다. 잠시 잠깐 어린아이가 되는 성도들을 자주 목격한다.

"아드님. 참 감사해요. 집사님, 권사님 잘 보살펴 주셔서."

자녀들에게 감사의 마음을 전했다.

"자식인데 당연히 해야죠."

"아니에요. 자식인데도 하지 못하는 자녀들이 얼마나 많은데요. 너무 감사해요."

자녀들이 다 형편이 좋지는 않지만, 최선의 도리를 다하며 부모님을 살펴 주신다. 이런 자녀들을 마주할 때마다 많이 배운다. 많이 느낀다.

필요한 것들을 준비해서 아들이 사는 익산으로 가신다고 한다.

"목사님. 어쩌면 부모님이 집으로 오시지 못하실 수도 있어요."

그만큼 나이가 들었고, 많이 안 좋아지셨다.

"집사님, 권사님, 저랑 사진 하나 찍으시죠. 그래야 보면서 기도하죠."

두 분만 찍으려고 했더니 큰 아드님이 같이 찍어 주셨다.

집으로 걸어오는 길. 집으로 오시지 못할 수도 있다는 아들의 말이 자꾸만 생각나서 눈물이 난다. 시골 목사의 사역이 어른들을 하나님 나라 가기까지 잘 모시는 것임을 너무나 잘 안다. 나는 거창한 것을 기대하지 않는다. 마지막이 좋아야 한다. 어른들의 인생의 마침표를 내가 아름답게 장식해 주는 것. 그것이 나의 사역임을 늘 되새긴다.

그럼에도 자꾸만 떠나보내는 일이 쉽지 않다. 아파도 옆에 있는 것이 좋다. 아파도 손잡아 드리는 것이 좋다. 나의 바람에도 불구하고 우리의 마지막이 내일이 될지, 모레가 될지. 노인 성도님들의 인생의 시계는 참으로 빨리 달려가고 있다.

시골 아낙의 영성

　아침 일찍. 남편이 운전하는 경운기를 타고 일터에 나가는 집사님. 논밭에 오고 가며 경운기 위에서의 잠깐의 기도가 오늘 전부를 드리는 신앙이자 믿음의 고백이다. 시골 아낙의 삶이라는 게 고생의 연속이라 별 볼일 없지만, 그 속에서 미소를 잃지 않음이 삶에서의 영성이다.

어른의 세월

"아빠!! 세월호 알아?"

"그럼 알지!"

학교에서 세월호에 대해서 배웠나 보다.

"세월호는 왜 물에 빠졌어? 형들은 왜 죽었어?"

쉽게 대답하기 어려운 문제다.

"그건. 어른들이 어른들의 일을 하지 않아서 그래. 어른들이 형들을 지키지 않고 먼저 도망쳤고, 형들을 구해야 하는 어른들이 구하지 않았어. 누가 잘못했는지 어른들이 알려고 하지 않고, 잘못한 어른들을 벌주는 일에도 최선을 다하지 않았어."

"왜 어른들은 자기 일을 안 해?"

"글쎄…. 아직 어른이 덜 되었나 봐…."

"나이 먹으면 어른이 되잖아…."

"아니야. 나이 먹는다고 어른이 되지 않아. 로이는 어른이 되면 어른들이 해야 할 일을 꼭 했으면 좋겠어. 그래서 세월호 같은 일이 없었으면 좋겠어."

매년 봄이 되면, 나무 위 꽃은 피고 지는데 바다에서 진 수많은 꽃들은 봄마다 피지 않는다. 꽃이 지기 전과 무엇이 달라졌나 생각해 보면 달라진 것이 없어 보인다. 어른이 어른으로 서 있지 않으면 다시 바다에 꽃을 묻어야 하겠지!

분명 로이가 질문을 했는데 그 질문이 가슴을 울린다. 로이가 한 질문이 아니었나 싶다.

농부

마을을 걸을 때마다 들리는 호미 소리. 경쾌한 쇳소리가 듣기 좋다. 분주하게 움직이는 트랙터와 우당탕탕 로터리 소리. 따가운 햇볕에 얼굴은 타들어 가고 손에는 굳은살이 배겨난다.

누가 알겠는가. 생명을 잉태하는 수고를.
누가 기억하겠는가. 하나의 결실을 위해 희생하는 마음을.

태양을 마주하고 땅 위에 서 본 이들만이 알 수 있는 것인 것을.

살다 보면
알게 될 거야

가는 시간

오래된 트랙터가 참 귀엽다. 멀리서 보니 아이들 장난감같이 보인다. 트랙터로 로터리를 하며 밭에 있는 돌들을 골라낸다. 눈에 보이지 않던 돌들이 흙에서 튀어나온다.

"오라버니 고마워요!!"

70이 넘은 여자 집사님이 80이 넘은 남자 집사님에게 고생했다고 고맙다고 하는 말이 왜 이리 정겨운지. 듣기 좋다. '오라버니'

트랙터를 운전하시는 집사님. 말도 없고, 항상 웃어 주시는 어른이시다. 옆에만 있어도 늘 마음이 포근해지는 시골 할아버지이다. 평생을 농사지으며 마을 주민들을 돌보셨다. 80세가 넘으셨는데도 마을 주민들의 요청에 늘 기쁨으로 일을 감당해 주신다. 암이 뼈에 전이가 되었음에도 봄이 되니 조금씩 일을 하신다. 다행히 통증이 없으셔서 이런저런 일들을 하시는데 뒷모습을 볼 때면 늘 마음이 쓰인다.

내년에는 로터리 소리를 들을 수 있을까.

내년에는 뒷모습이라도 볼 수 있을까.

내년을 기약할 수 있을까.

오는 시간의 빠르기는 변함이 없는데, 가는 시간의 속도는 점점 빨라진다.

꿈만 같아요!

멀리서 오신 귀한 분을 만나게 되었다. 도시에 있을 때 섬겼던 85세 권사님. 92세 큰언니를 모시고 72세 여동생과 이 목사를 찾아 무주로 오셨다. 동생과 함께 일주일째 전국을 돌며 여행하고 있다고 하셨다.

사랑하는 남편 집사님을 갑작스럽게 하나님 품에 보내 드리고, 일 년을 참으로 버겁게 사셨노라고. 이제서야 힘을 내어 살고 있노라고 말씀하셨다. 그도 그럴 것이 남편 집사님이 아내 권사님을 참으로 많이 아껴 주셨다. 돌아가시던 날에도 답답해하는 아내를 위해 하모니카로 찬송가를 불어 주셨다는 집사님. 주일이면 내 손을 잡아 주시고 환히 웃어 주시던 집사님이 생각난다.

여동생이 어제 목사님과 만나려고 통화하고선 언니 얼굴에 생기가 돌고, 힘이 나는 것을 보면서 무조건 가야 한다고, 만나야 한다고 생각하고 모시고 왔다고 한다. 이 어린 목사를 만나기 위해 먼 길을 오시게 하고 식사도 대접하지 못해서 마음이 무겁다. 한 시간 남짓 대화로 방문하게 해서 얼마나 죄송하던지. 그러면서 오랜 시간이 지났음에도 잊지 않으시고 찾아 주시는 분이 계셔서 그저 감사할 따름이다.

"목사님 만나는 게 꿈만 같아요! 꿈만 같아요!"

살다 보면
알게 될 거야

자꾸만 하시는 말씀 속에서 진심을 본다. 내가 뭐라고 이렇게 이뻐해 주실까. 이렇게 그리워해 주실까. 참 과분한 사랑을 받는다. 꿈만 같다는 그 말이 자꾸만 마음을 울린다.

시골에서 목회하면서 사역자로서의 정체성이 뿌리째 뽑혀 나갈 때가 있다. 투박한 말이 심장을 찌를 때면 사명자로 서 있지만 모든 것이 한순간 무너져 내릴 때가 있다.

사람 때문에 이곳에 서 있는 것은 아니지만 내 성도로부터 버림받을 때가 그러하다. 모든 가시와 칼날이 나를 향할 때 그러하다. 이해되지 않는 일들을 겪을 때 그러하다. 매서운 광야 바람을 맞으며 홀로 서 있을 때가 그러하다. 그럼에도 보이지 않고 들리지 않아도 한결같이 사랑해 주는 이가 있음에 다시 서 있어야 할 이유를 얻게 된다.

때론 꿈과 같은 일을 경험할 때가 있다. 때론 꿈속에서라도 만나고 싶은 사람이 있다. 그래서 꿈에서 깨고 싶지 않을 때가 있다. 그럼에도 불구하고 꿈에서만 만날 수 있는 사람들이 많아질까 봐 두려울 때가 있다.

동행

우리 마을에는 초등학생이 2명이 있다. 1학년 2명이다. 초등학교 전교생 9명 중 1학년 4명인데, 그중에 1학년이 우리 마을에 2명이다. 로이와 로이 친구. 1학년 중에 50%가 우리 마을에 있는 셈이다. 엄청난 비중이다. 교회학교를 만들어야 하나 고민 중이다.

이 아이는 장애를 가지고 있다. 듣지 못한다. 듣지를 못하니 말을 하지 못한다. 그러나 영특하고 지혜로운 아이다. 학교에서는 이 아이를 위해 특수교사 선생님을 모셔다 가르치고, 같이 수업하는 아이들을 위해 선생님께서 기초적인 수어를 가르쳐 주신다.

무엇이 교육이고, 무엇을 가르쳐야 하는가를 고민한다. 함께 어울려 살아갈 수 있는 법을 가르쳐 주는 것. 장애의 불편함에도 불구하고 그 불편함을 함께 나누어 가질 수 있는 것. 도움이 필요한 아이를 위해 모든 선생님과 모든 학교가 그리고 친구들이 마음을 쏟아 주는 것. 그런 면에서 이게 진짜 교육이라고 생각한다.

요즘 농사철이 바빠서 아이 엄마가 하교할 때, 나오지 못할 때면 아이를 집까지 바래다주고 온다. 집으로 돌아가는 길. 둘째 하이가 1학년 언니를 참 좋아한다. 손을 꼬옥 잡고 걷는 뒷모습이 예쁘다.

동행(同行) : 옆에 서서 걸어가는 것.
그것으로 행복하고, 그것으로 기쁜 걸음 걸음.

언젠가부터 우리네 삶에 이 '동행'이란 가치가 사라진 것 같다. 모두가 목적을 위해 걷는다. 다 이유가 있다. 그래서 싸우고, 그래서 다투고 그래서 아파하고 헤어진다. 나는 우리 아이들이 커 가면서 그리고 살아가면서 이 손을 놓지 않기를 소망한다.

살다 보면
알게 될 거야

보이지 않는 기준

코로나 시대의 필수품. 체온계와 소독제이다. 소독제는 있는데, 체온계가 영 말썽이다. 약 7년 전에, 첫째 로이를 낳고, 보건소에서 출산 선물로 받았던 비접촉 체온계를 쓰고 있었다. 그런데 체온계가 오류가 자주 나서 사용하기가 어려웠다. 결국 소독제가 함께 나오는 발열 체크기를 구입했다. 비싼 것은 아니지만 새롭게 바꾸어 가는 것이 쉽지 않다.

도시에 있는 목사님이 질문한 적이 있다.

"시골 생활에서 뭐가 그렇게 힘들어요?"

"기준이요. 보이지 않는 기준에서 줄타기를 해야 해요. 그러다 보면 대부분의 목회자들이 줄에서 떨어져요."

그래서 시골교회 목회자들은 계속해서 바뀐다. 버려지는 목회자들이 너무나 많다. 슬픈 현실이다.

성도들은 목사가 상식 이상으로 행동하기를 바라면서도, 정작 자기 일에는 상식 이상을 말하면 받아들이지 않는다. 처음에는 상식선에서 행하게 되다가 점점 상식 이하에서 행동한다. 상식의 하향 평준화가 이루어진다. 삶에서의 상식만 그러하면 좋으련만 신앙도, 믿음도 하향 곡선을 그린다.

새로워진다는 것. 그렇게 변화해 간다는 것.
참 어려운 일이다.

마음이 닿다

예전 우리 교회는 아이들의 웃음소리가 있던 교회였다. 그 아이들은 장성하여 도시로 떠났고, 중년이 되었다. 지금은 70대, 80대, 90대의 부모들만이 교회를 지키고 있다. 그러니 노인이 된 어른들의 마음에는 아이들을 담을 여유가 없다.

올해 어린이 주일을 지내면서 성도님들께 말씀드렸다.

"우리가, 우리 교회가 아이들을 섬겼으면 좋겠어요. 전교생 23명의 아이들. 유치원생 4명, 초등학생 9명, 그리고 중학생 10명. 우리가 그 아이들에게 선물을 전해 줍시다."

어른들에게 여유가 없었지, 마음이 없지 않았다. 어쩌면 방법을 몰랐을 수도 있다.

만 원짜리 선물 세트. 더 해 주고 싶어도 이것이 우리의 한계이다.

"세상의 빛인 너의 날, 축복하고 사랑해!"

선물보다 더 값진 자기를 발견하기를 소망하며 라벨을 붙였다.

누군가가 먼저 주었기에 누군가에게 줄 수 있다. 선물 받지 못하면 선물할 수 없고, 사랑받지 못하면 사랑할 수 없다. 인색해지지 않도록, 외로워하지 않도록. 사랑하기 위하여, 나눠 주기 위하여 아이들은 받아야 한다. 받고, 받고 또 받아야 한다.

나는 시골 촌놈으로 태어나서, 시골 촌놈으로 살고 있다. 지나 보니 나도 많이 받은 자였다. 여전히 많이 받는 자이다. 그러니 받은 것을 나눠 주어야 한다. 할 수 있는 것으로, 할 수 있을 때, 할 수 있는 만큼. 이 자리에 서 있는 이유이다.

꼬맹이들이 하교하는 시간. 마을회관에 정차한 학교 버스에서 아이들이 버스 창문을 열고 소리쳤다.

"선물, 감사해요!!" "대유교회, 고마워요!"

마음이 닿았다. 진심이 닿았다. 오늘도 시골 목사는 마음을 먹고 산다.

인생

삶이 혹독해도

저마다 의미 있는 자리에 피었나니.

그대가 나에게 스승이다

다가오는 스승의 날을 기억하며 전화 한 통을 받았다. 함께 청년 사역을 감당했던 청년이었다.

"나에게 목사님이 스승입니다."

나이 차이도 얼마 나지 않는데. 같이 나이 들어가는데 스승이라니. 스승이라는 말이 참 와닿지 않는다. 그래도 기억해 주는 이가 있음이 얼마나 감사한지.

지난 시간을 생각해 보면 무엇을 많이 가르쳐 준 적도 없는 것 같다. 그저 같이 걸어왔을 뿐이다. 앞으로 가르쳐 줄 것도, 가르쳐 줄 수 있는 것도 없어 보인다. 그래서 기대에 부끄럽지 않도록 적어도 한 발자국 앞에서 걸어가며 본이 되는 것으로 스승의 사명을 다하고 싶다.

교회 어르신들…. 어버이날 선물에 도움이 되었으면 하는 마음으로 선교비를 보내 주었다. 내년 어린이날에 초등학교 아이들 선물하는 데 함께하고 싶다고 했다.

타인을 향해 기꺼이 손을 내민 그대가 나에게 스승이다.

때마다 동역자로 서 있어 주는 그대가 나에게 스승이다.

상추 부자

이른 봄. 아이들과 모종판에 심었던 토마토, 상추, 치커리를 노지에 옮겨 심었다. 작년에는 급한 마음에 일찍 옮겨서 냉해를 입고 다 죽었었다. 그때를 기억하며 올해는 늦게 옮겨 심었다. 다른 곳에서 받은 것들도 있어서 심고 보니 너무 많이 심었다. 무엇이든 시행착오가 있다. 그때마다 아픔이 클수록 다음에는 실수가 없다. 올해는 실수가 없다. 아직까지는.

목사가 텃밭을 일구는 모습이 아직도 성도들에게는 낯선가 보다. 본인들도 늘 하는 것이지만 신기하게 바라보시고 계속 무엇을 심었느냐고 물어보신다. 그도 그럴 것이 성도님들에게 교회의 텃밭, 목사의 텃밭은 도와주지 마시라고 부탁했다. 본인들 농사짓기도 힘이 드시는데, 굳이 젊은 목사가 하면 되는 일을 어르신들이 애쓰며 할 필요가 없다.

옆에서 보시던 집사님이 당신 밭에 있는 다 자란 상추를 주신다. 참, 많이도 주신다. 덕분에 '상추 부자'가 되었다. 상추라도 부자여서 좋다!!!

너와 나

아무리 이쁜 꽃도 혼자 살 수 없더라.

마주 손을 잡지 않으면 혼자도 설 수 없더라.

살다 보면
알게 될 거야

농약 치기

습기 머금은 꿉꿉한 공기가 계속되고 있다. 낮에는 폭염. 때를 알 수 없는 소나기. 저녁에는 폭포수처럼 쏟아지는 빗줄기. 장마철 어딘가에 살아가고 있다.

농촌에서 장마가 힘든 것은 좋은 열매를 위해 때마다 농약을 뿌려야 한다. 사과, 고추, 인삼, 깨. 많은 작물들이 있는데 이 작물들이 성장하고 열매를 맺기 위해서는 때마다 농약을 쳐야 한다. 우리가 알고 있는 것보다 더 자주, 더 많이 농약을 해야 좋은 품질의 농산물이 수확된다.

시대가 좋아질수록 건강을 생각하게 되므로 농약의 성분도 좋아지지만, 반면 농약의 강도는 약해져서 더 자주 해야 한다. 끊임없이 해야 한다. 안전을 생각할수록 농부는 더 힘들고 수익은 더 줄어든다. 그런 의미에서 농사처럼 힘든 일이 있을까 싶다.

장마철에는 농약을 칠 수 없다. 농약이 빗물에 씻겨 내려가기에 효과가 없기 때문이다. 그러다 보면 병충해에 취약해진다. 차라리 계속해서 비가 내리면, 일이라도 하지 않을 텐데 폭염과 비가 번갈아 나타나고 내리는 비의 때를 알 수 없을 때면 마냥 손에 일을 놓고 있을 수 없다.

　늙어 걷기도 힘든 꼬부랑 할머니는 농약통을 짊어지고 폭염에도 농약을 친다. 할머니가 농약통을 짊어지고 가는 것인지. 농약통이 할머니를 끌고 가는 것인지. 무게를 알 수 없는 버거운 발걸음을 멈추지 못한다.

　약을 치고 집에 들어오면 생각지 않던 소나기가 몰려온다. 말 그대로 허탕이다. 뿌렸던 농약이 다 씻겨 내려간다. 허탈하다. 비싼 농약값도 아깝고 그 고되었던 노동도 아깝다.

　작년 장마가 60일이었다. 댐 수위를 조절하지 못해 홍수가 나서 1년에서 3년 지은 농사를 다 망쳤다. 보아하니 올해라고 다르지 않을 것 같다. 어쩌면 농사는 더욱 어려울 수도 있을 것 같다.

　하늘에 먹구름이 몰려온다. 하늘이 새까맣다. 엄청난 비가 순식간에 쏟아진다. 오늘도 허탕질이다. 그래도 여전히 농부는 자식을 돌보듯이 밭에 나가 농약을 친다. 계속되는 허탕질에 열매는 자라가고 익어 간다.

　올해 가을에는 새까맣게 탄 농부의 얼굴에 미소를 볼 수 있을까?

살다 보면
알게 될 거야

아이스크림

장마철인데 폭염 경보가 내려졌다. 날씨를 종잡을 수 없다. 젊은 사람도 이렇게 더운데 어르신들은 어떠하겠는가.

이 더운 날. 더위를 피하려고 어르신들이 마을 정자에 누워 계신다. 이때다 싶어 마을 어르신들에게 아이스크림을 대접했다. 가격은 얼마 하지 않지만, 사러 갔다 오는 데만 왕복 30분이 넘게 걸렸다. 아이스크림을 보시고 얼마나 기뻐하시던지…. 한 어르신이 오늘 아이스크림이 그리도 먹고 싶었다며 연신 좋아하신다.

목회는 '센스'다. 때를 잘 맞춰야 한다. 엄동설한에 아이스크림 한 트럭을 선물해 봐라 좋아하시나. 오늘 같은 날이면 냉수 한 잔도 칭찬받는다.

"건강하세요!" 둘째 하이의 인사와 함께 땀을 머금은 주름진 얼굴에도 미소가 번진다.

포기하지 말라!

아름답다 예수여 나의 좋은 친구

예수 공로 아니면 영원 형벌 받네

예수님 예수님 나의 죄 위하여

보배 피를 흘리니 죄인 받으소서

- 찬송가 144장 「예수 나를 위하여」 4절

오래전 암 선고를 받으시고 항암 치료와 수술 후에 이곳 무주로 내려오셔서 표고버섯을 재배하는 권사님 부부가 있다. 주일예배 시간에 찬양을 부르시면서 가슴에 손을 얹으시고 눈물을 흘리셨다. 귀한 모습 속에 여러 감정이 교차한다.

얼마 전에 완치 판정을 받으셨다. 죽음의 터널을 벗어나 빛 가운데로 나온 그녀의 삶을 어떻게 표현할 수 있을까? 오직 본인만이 아는 체험의 영역이다. 생사의 고비를 넘어 본 이들의 삶에서 보석을 발견한다. 정제된 진실함이다. 고난이 주는 유익이다.

굴곡 없는 길이 어디 있겠는가?

경사 없는 길이 어디 있겠는가?

포기하지 않고 걷다 보면 그저 나의 길이 될 것이니. 그러니 걸음마다 후회를 떨어뜨리고 걷지 말라. 굴곡진 우리네 인생길에서 저 경사진 모퉁이를 돌면 길마다 주어진 행복을 마주할 것이니. 오늘의 발걸음을 포기하지 말라.

한 마을, 두 교회 이야기(하나)

우리 마을에는 교단이 다른 두 교회가 공존한다. 대한예수교 장로교, 통합 측 그리고 합동 측. 대한민국 역사의 흐름과 한국장로교의 역사 그리고 마을의 역사가 켜켜이 얽혀 이 작은 마을에 붉은 십자가, 두 개가 서 있다.

1959년 한 교회가 두 교단으로 나누어졌다. 어른들의 말을 들어보면 교회 안에 완력 싸움으로 나누어졌다고 한다. 어디를 가나 대장 노릇 하고 싶어 하는 이들이 있는데, 그때에도 다르지 않았던 것 같다. 그렇게 잘 나서 다투던 분들은 이 땅에 존재하지 않지만, 그들의 흔적은 고스란히 후손들이 붙들고 살아간다. 전통이라는 이름으로.

한 명 한 명 하늘나라로 부름받아 가는 노인들만 남아 있는 무주의 작은 마을. 어두움에 빛나는 두 개의 십자가를 볼 때, 부끄러울 때가 있다. 십자가가 부끄럽지 않으나, 흔적만 남은 지나간 사람들처럼 서로 뽐내듯이 빛나는 두 개의 십자가가 부끄러울 때가 있다. 언제 부러질지 모르는 두 개의 십자가는 여전히 평행선을 그리며 처연하게 서 있다.

예배를 마치고 나와 한눈에 보이는 두 개의 십자가를 볼 때면, 우리는 과연 무엇을 예배하고 살아가는지, 무엇을 쫓아가고 있는지 질문하게 된다. 정확히 담 하나를 기준으로 하나 되지 못하는 두 개의 십자가가 우리 신앙의 종착역으로 느껴질 때가 있다.

우리는 여전히 하나 되게 하는 성령의 역사를 꿈꾸고 있는가. 어쩌면 모두가 꿈꾸는 것들을 당사자들만 꿈꾸지 않을 수도 있겠다고 생각한다. 그런 의미에서 우리는 딱 거기까지다. 그럼에도 나의 시선은 여전히 성도들을 향해 있다.

한 마을, 두 교회 이야기(둘)

1959년, 한 교회가 두 교회, 두 교단이 나눠지고 얼마 후에 전주에서 목사 한 명이 내려왔단다. 내려온 이유는 '통합 측'의 교회를 '합동 측'으로 흡수하기 위해서였다. 지금처럼 길이 좋은데도 한 시간이 넘게 걸리는 길을 당시 도로 여건이나 교통수단을 생각해 보았을 때, 이 촌구석에 찾아온 것을 보면 참으로 정성이 대단했던 것 같다. 그 목사는 성도들을 모아 놓고 설득했다.

"오른쪽 배(통합 측)는 가다가 결국 지옥으로 가고 왼쪽 배(합동 측)는 결국 천국으로 간다. 이러다가는 너희가 지옥에 가니 '합동 측' 교회로 가야 한다."

그 이야기를 듣고 있던 한 청년(지금의 원로장로)은 목사에게 질문했다.

"목사님. 제가 무지해서 질문을 합니다. 제가 아무리 성경을 읽어도 그런 구절은 찾을 수 없는데 가르쳐 주시면 제가 우리 교회 어른들을 설득해서 합동 측으로 가도록 하겠습니다. 그러니 그 말씀을 알려 주십시오."

목사는 대답하지 못했고, 다시 그 먼 길을 되돌아갔다. 청년은 이유를 찾지 못했으니 '통합 측'에 있는 것이 맞다고 말씀드렸고, 어른들은 그 말에 귀를 기울였다. 그리고 지금까지 이어지고 있다.

이런 우리 교회의 역사와 그림자가 타 교단이나 연관된 이들에게 아픔을 주지 않을까 심히 걱정스럽다. 놀라운 것은 전설처럼 들려오는 약 50년 전의 이야기가 오늘날 우리 주변에서도 쉽사리 들을 수 있다는 것이다. 예나 지금이나 좋지 않은 것들은 한결같다.

노인이 된 한 청년의 이야기를 영웅담처럼 이야기하지만, 가끔은 "차라리 모른 척하고 '합동 측'으로 교회가 합쳐졌다면 지금의 이 아픔을 겪지 않아도 될 텐데…."라는 생각하기도 한다. 그랬다면 결과적으로 하나의 교회로 서 있지 않았을까? 예수 그리스도 안에 구원이 있는 것이지 교단에 구원이 있는 것은 아니지 않은가.

자주 생각한다. 그 목사가 꿈꾸던 교회는 어떤 곳이었을까? 그 목사가 믿었던 그리고 강단 위에서 증거하던 예수는 어떤 사람이었을까. 목사는 영을 분별하기 이전에 자기 생각과 욕심을 먼저 분별해야 한다. 그렇지 않으면 모든 고통은 성도들이 감당하게 된다. 평생을 깊이 박힌 가시를 안고 살아야 한다. 오늘도 대유교회는 아니 대유마을은 대를 이어 박힌 가시를 안고 살아가고 있다.

함께 살다

요즘 생각지 않은 소나기들이 자주 내린다. 고추 말린다고 널어놨는데, 깨 말린다고 널어놨는데 소나기가 내릴 때면 마음이 급하다. 하필이면 예배 때, 소나기가 내릴라치면 성도들의 엉덩이가 들썩들썩한다. 충분히 이해되는 것이 일 년 농사가 걸린

일이다. 일 년의 노력이 걸린 일이다. 그 자리에 서 보지 않으면 그 마음을 알지 못한다. 그저 짐작할 뿐이지.

언젠가 지역에 계시는 목사님이 교회 성도들에게 설교하시면서 '주일에 일하지 마시라. 주일예배 빠지고 일하면 농사 망치게 해 달라고 기도한다'고 설교하셨단다. 오죽했으면 그런 설교를 했을까 싶다. 농촌의 수준 혹은 풍토를 생각했을 때, 그 마음을 충분히 이해한다. 그러면서도 민망하고 답답한 것은 그 목사님의 태도였다. 그 협박(?)으로 성도들이 주일에 일하지 않는다고. 본인이 그 설교를 했다는 것을 너무나 자랑스럽

게 여기는 모습을 보면서 목사는 과연 누구를 위해 있는 것인가를 고민해
본다.

현실과 이상 속에서 늘 충돌이 있다. 그 충돌 속에 갈피를 잡지 못할 때
가 있다. 높디높은 이상으로 몰아붙이기엔 현실을 사는 성도들의 삶이
너무나 처절하다. 더욱이 농촌의 오늘. 일주일 내내 밭에서 흙먼지 들이
마시며, 피할 수 없는 땡볕을 마주하고 무거운 농약통을 짊어지고 살아가
는 농부의 삶은 너무나 고되다. 모두가 놀고 싶지, 쉬고 싶지. 주일에 밭
으로 나가 일하고 싶은 사람이 어디 있겠는가.

그럼에도 기다리는 일거리가 널려 있다. 안 하려고 하면 얼마든지 안
할 수 있지만, 하고자 하면 지천으로 널린 게 일이다. 그러다 보니 몸은
교회에 앉아 있는데, 마음은 밭에 가 있는 분들이 많다.

농촌교회에 목사를 청빙할 때, "우리와 함께 살 수 있는 목사를 구한다."는 이야기를 자주 듣는다. 그 이야기인즉슨, 성도들과 같이 사는 목사가 적다는 이야기다. 가르치고, 혼내고, 설교하는 목사는 많은데, 성도들이 생각할 때, 자기들과 함께 사는 목사는 적다고 말한다. 함께 사는 목사. 같이 사는 목사. 자기들의 고됨을 알아달라는 하소연일 것이다.

농사 망하게 한다는 협박이 먹히는 교회가 슬프고, 그것이 자랑이 되는 목사로 인해 두렵고 이것이 오늘날 농촌교회의 수준이라는 것이 아프다. 나는 과연 함께 살고 있는 목사인가? 또 소나기가 내린다.

새벽기도

이틀 전, 코로나 검사를 위해 의료원에 모시고 다녀왔던 장로님께서 폐렴 증세로 급하게 치료 중이시지만 많이 위중하시다. 80이 넘은 나이. 건장하지만 건강한 것이 아니다. 앞일을 장담할 수 없다. 오늘 어르신들의 하루는 지금껏 살아온 하루의 개념이 아니다. 아침이 다르고 저녁이 다르다. 하루하루를 산다.

남편을 병원에 보내고 홀로 눈물 흘리며 밤을 보낸 아내 권사님. 괜찮겠거니 하며 아들과 병원에 보냈는데, 이것이 마지막이면 어떻게 하느냐고 연신 흐르는 눈물을 닦으신다.

잠이 오지 않는다. 하루가 지났다. 새벽 4시 10분, 새벽예배 시간에 기도하며 불편한 마음을 쏟아 놓는다.

매일 만나는 얼굴. 미운 정, 고운 정으로 살아온 3년. 아직은 떠나보낼 마음의 준비가 되지 않았다. 수백 명 중의 하나 혹은 수천 명 중의 하나가 아니라 손가락으로 헤아리는 소중함이기에 아니 오직 너이기에 아직은 떠나보낼 수 없노라.

동네 여기저기에서 꼬끼오, 닭 울음소리 요란하다. 새벽이 왔다. 오늘이 열렸다. 어서 요란한 벨소리 울리기를. 생명이 왔노라고. 삶이 열렸노라고.

3장

살며,
노래하며

함께 사는 것

　병원에 가셨던 장로님은 응급실에서 중환자실로 옮기셨다. 아직 안심할 상태는 아니지만 조금씩 차도가 있다고 한다. 감사한 일이다. 남편 걱정으로 걱정하며 혼자 눈물 흘리고 계실까 싶어 권사님을 찾아 위로해 드렸다.

　마을에 코로나 백신 2차 접종하신 성도님들이 계셔서 찾아뵙고 기도해

살다 보면
알게 될 거야

드렸다. 접종 후에 내가 아파 보니 아플 이들 생각에 마음이 쓰인다.

슬퍼 봐야 슬픔이 보이고, 아파 봐야 아픔이 보인다.

혹시라도 간밤에 힘들고 아프시면 모시고 병원에 갈 테니 꼭 연락 달라는 당부와 함께 타이레놀을 구입하여 전해 드렸다. 고맙다고 찐빵을 주셨다. 그러고 보면 주는 것보다 더 많이 받는다.

나나 너나 홀로 설 수 없다. 다 관심이 필요하고 사랑이 필요하다. 그래서 함께 사는 것 아니겠는가.

시골목회

화려하진 않아도

소박하게

담백하게

묵묵하게

흘러갈 수 있기를.

중점

주변을 살펴보면 많은 잡음들이 있다. 사람들 속에도. 교회 안에도. 불편한 동거가 계속된다. '모른 척하고 지나가면 나아지겠지!' 문제를 직면하지 않고 피하기에 급급하다.

나는 존중받으려 하지만 타인을 인정하지 않는다. 나는 옳고 너는 그르니 모두가 너의 탓이다. 나는 있고 너는 없으니 우리를 이야기할 수 없다. 서로가 다르니 잡음이 있지만 자기만의 시선으로 타인을 평가하니 분쟁이 생길 수밖에 없다. 과연 너와 나는 공존할 수 있는가.

벌과 호박꽃. 꽃은 꽃대로 마음을 열고 기다리고, 벌은 벌대로 수고하며 날아온다. 어느 하나 그대로 있지 않다.

수고하지 않으면, 노력하지 않으면, 다가서지 않으면 바뀌는 것은 없다. 다가서는 한 발자국. 그대로 있으면 타자이고, 내디디면 우리가 된다. 모든 것은 중점에서 만나야 한다.

갑작스런 이별

비가 내린다. 폐렴으로 입원하셨던 장로님께서 하늘나라에 가셨다.

갑작스러운 이별이다. 반쯤 열린 대문. 평소에 농사일하시다가 잠시 누워 쉬시던 정자에는 뚝뚝 떨어지는 빗소리만 울린다.

좋은 죽음, 나쁜 죽음이 있겠는가. 그저 우리 눈에는 더 아픈 죽음만 있을 뿐이다.

매일 내리는 비인데 오늘 내리는 비는 심히 차갑다.

잠간의 위로

장례를 마쳤다. 어제까지 내리던 비가 그치고 아침까지만 해도 구름이 가득하던 하늘이 마을에 들어서자 파랗게 열렸다.

모든 장례가 그렇지만 오늘의 장례는 너무 아프다. 오래 본 시간만큼. 자주 본 시간만큼 떠나보내기가 버겁다. 같이 살았나 보다. 같이 살았으니 먼저 보내기가 쉽지 않다. 함께한 3년. 참 많은 일들이 있었다.

이렇게 한 명 보내 드리는 것도 참으로 버거운데 앞으로 다른 어르신들은 어떻게 보내 드려야 하나.

장례예배 내내 내 곁을 떠나지 않던 나비 한 마리.
잠간이나마 위로를 얻는다.

관해난수

논을 지나가시던 분이 혼잣말을 하신다.

"낟알 영근 것을 보니 풍년이네."

'이분은 논농사는 안 하시겠구나…'
논농사 짓는 농부의 마음이 아니다 싶었다.

지금쯤이면 볕도 좋고, 날이 가물어야 하는데 비가 너무 자주 내린다. 이 때문에 병도 많이 생긴다. 보이는 것이 전부가 아니다. 보이는 것보다 보이지 않는 이면이 더 많은 것을 담고 있다.

관해난수(觀海難水) : 바다를 본 사람은 물에 대하여 말하기 어렵다.

보이는 것에 너무 매이면 소중한 것을 놓치기 쉽다. 그래서 늘 조심스럽다.

살다 보면
알게 될 거야

세 번의 장례

이곳에 부임해서 세 번의 장례를 치렀다. 한 집안의 남자 세 명이다.

2019년 9월 11일. 둘째 집사님, 87세

2021년 9월 7일. 셋째 장로님, 82세

2021년 9월 10일. 첫째 집사님, 96세

평생을 한 마을에서 서로를 챙기시더니 하늘나라도 비슷하게 가셨다.

어떻게 이 귀한 분들을 추모할 수 있을까 고민하다가 자녀들도 모르는 사진을 장례 순서지에 올려 드렸다. 3형제가 모두 찍힌 귀한 사진이다. 잠시나마 자녀들에게 위로가 되었으리라.

볼 수 없으니 그립고, 만질 수 없으니 애틋하고, 말할 수 없으니 절실하다. 장례는 잠깐이지만 떠나보내는 데는 많은 시간이 필요하다.

살다 보면
알게 될 거야

걷다 보면 보이는 것들

해 지는 들녘의 황금물결.
지금껏 걸어온 길.
그리고 걸어갈 내일.

어제까지 보이지 않는 것들이 오늘 눈앞에 펼쳐진다.

3년의 시간

명절을 맞아 원로장로님께서 돼지고기 목살을 사 오셨다. 뜻밖의 일이라 매우 당황스러웠다. 막상 선물을 받으니 감사하지만 죄송스럽기도 하다. 농사를 짓기는 하지만 공공근로로 생계를 이어 가시는데, 어린 목사를 챙겨 주셨으니 감사할 뿐이다. 은퇴 장로님께서 갑자기 별세하시고 다음은 자기 순서라고 생각하셨을까. 장례식 이후에 많이 바뀌셨다.

본디 농담도 많이 하시고 유쾌하신 분이라고 들었는데, 나이가 들고 약간의 치매 증세도 생기면서 때론 괴팍하고 때론 고압적으로 바뀌셨다.

한국전쟁 참전용사. 전쟁 중에 동네 친구들과 형들이 총에 맞아 물에 떠내려가는 것을 경험했다. 수많은 죽음 속에서 몇 안 되는 생명으로 돌아왔다. 전쟁, 그 생사의 기로에서 살아 돌아왔다. 그때 결심했던 한 가지. 집으로 돌아가면 교회를 건축하겠노라. 없는 형편에 홀로 산에 올라가 직접 나무를 해서 교회를 지었다. 치매로 고생하던 권사님을 떠나보내고 홀로된 지 15년이 되었다. 홀로 있는 오늘이 너무 고되다고 하신다. 88세. 걸어온 인생의 굴곡이 너무 많다.

참 많이도 다투었다. 다투었다기보다는 많이 혼났다. 이사 온 다음 날 새벽부터 혼났다. 부임 초기 3시간씩 매일 잔소리를 들어야 했다. 목사님의 설교는 귀에 들어오지 않으니 15분 안에 설교를 마치라 했다. 왜 내가 이곳에 있어야 하는지를 늘 고민해야 했다. 많은 날을 이해할 수 없는 말들로 가슴에 박힌 가시들을 뽑아내야 했다.

그때마다 그 상처를 도려내며 깊은 밤을 지새웠다. 마음이 녹아내리고, 뼈가 녹아내렸다. '모든 일에 온유함으로' 이 한마디가 나를 지탱했다. 한결같이, 변함없이. 마치 한 번도 상처받지 않은 것처럼 대하려 노력했다. 적어도 나의 도리는 다하고 싶었다.

언젠가 너무나 함부로 대하는 모습에 서운했던 감정을 토로했을 때가 있었다. 상처가 될 듯하여 최대한 절제하며 말씀드렸다. 원로장로님께서 한참을 들으시고 말씀하시기를 "목사님. 나는 기억이 없습니다. 나는 그럴 의도가 없었습니다. 내가 무례하게 행했다면 용서해 주십시오. 제 기억이 온전하지 않습니다."

그때까지 알지 못했던 치매의 존재. 몰랐을 때는 문제가 되었지만, 알았을 때는 문제가 되지 않았다. 그 이후에 어떤 이야기를 하든지 기꺼이 들어드린다. 물론 때로는 화인지, 혈기인지 모르는 감정들이 올라오기도 하지만….

3년을 견디어 냈다. 돌아보면 나 자신도 많이 단단해졌다. 지나 보니 장로님과 나와의 사이에 3년이란 시간이 필요했나 보다. 시작부터 3년이란 시간이 필요하다는 사실을 알았다면 시도조차 하지 않았을 것이다. 막막함에 포기했을지도 모른다. 몰랐기에 오늘까지 올 수 있었다.

해 지는 저녁, 노을이 지면 이렇게 인생의 굴곡을 걸어온 어른들의 모습이 스쳐 간다. 어른들의 주름진 얼굴을 볼 때면, 어른들의 꼬부라진 등을 볼 때면, 어른들의 휘어진 손가락을 볼 때면 가슴이 한없이 먹먹해진다. 이렇게 묵묵히 살아온 어른들의 뒷모습을 볼 때면, 설명할 수 없는 큰 덩어리 하나가 가슴에 "툭" 하니 놓여 있다.

바사삭

시골목회를 감당하다 보면, 멘탈이 바사삭하고 바스러져 내릴 때가 있다. 영적인 기근뿐 아니라 삶의 곤궁함이 함께 몰려올 때면, 평정심을 유지하기가 쉽지 않다. 그럼에도 불구하고 잠깐의 숨 돌릴 여유조차 사치일 때가 있다.

시무장로님이 월요일부터 건강이 좋지 않으시다. 고열이 계속되고, 물한 모금 마시기가 어렵다. 어제는 대학병원 응급실에 가서서 검사를 진행했다. 아직 결과는 나오지 않았지만 "쯔쯔가무시병"으로 준하여 치료하기로 했다. 어르신들도 많고, 농촌이기에 생각지 못하는 변수들이 많다.

농촌 목회. 이곳 사역의 70%가 스스로 마음을 다잡는 일이었다. 목사이기에, 바라보고 있는 성도들이 있기에 잠시의 요동도 허락되지 않는다. 오늘도 내 마음을 스스로 도닥이며 성도들의 마음을 위로하러 나간다.

동물보다 사람이

눈앞에 좋은 산이 있어도 보는 것으로만 만족할 뿐 오르지 않는다. 나에게 산이란, 그저 눈으로 감상하는 것이다. 올해 봄에 한 번 오르고, 가는 단풍이 아쉬워 두 번째 올랐다.

아름다운 단풍을 보고 내려오는 길에 함께 올랐던 목사님께서 뱀을 밟았다. 가을 뱀은 독이 많다던데. 다행히 새끼 뱀이라 그런지 밟힌 뱀은 부지런히 도망간다. 이곳에는 뱀도 있고, 멧돼지도 있고 곰도 있다. 뭐가 있는지도 모르는데 하여간 숨겨진  뭐가 많다. 이것 참! 무서워서 산에 오를 수 있겠나 싶다.

어른들 말씀에 '동물보다 사람이 무섭다.' 하셨다. 그리고 보면 곰보다 곰 같은 사람이 더 답답하고, 독사보다 독사 같은 사람이 더 무섭다. 어른들 말씀이 틀리지 않은 듯하다.

　때론 동물보다 못한 사람을 만날 때도 있으니 사람들과 섞여 사는 일이 더 힘든 일일 수 있겠다 싶다. 동물은 피해 다니기라도 하는데, 사람은 피해 다니기가 쉽지 않으니 말이다. 그러니 사람처럼 살기에 부끄러움 없이 살아 보자.

사막

심방 때나 주일예배 후 운동으로 뒷산을 오를 때가 있다. 우리 마을은 쓸만한 땅이 없고 농경지가 다 산속에 있다. 그냥 산이 아니라 돌산이다. 그래서 다 '돌 부자'다. 평생을 밭에서 돌을 골라냈다고 한다. 80세가 넘으신 은퇴 장로님은 출산하고 다음 날부터 밭에 나가 돌을 골랐다고 영웅담처럼 말씀하신다. 이 척박한 땅에서 평생을 살았다. 참 존경스럽다.

아이들과 뒷산에 같이 가자고 조르는데 첫째가 말한다.

"아빠! 사막 가는 거야?"

"우리 마을에 무슨 사막이 있냐?"

"아냐. 진짜 사막이 있어!"

무슨 소리인가 싶어 뒷산에 갔다.

사진 속의 이곳이 바로 사막이다. 산을 개간하다 보니 가파르게 경사진 밭이 된 것이다. 꼬맹이의 눈높이에서는 참으로 황량한 사막 같았으리라. 한참을 웃다가 내려오는 길. 마음에 울림이 있다. 누구에게는 농사짓는 밭인데 누구에게는 사막이구나. 누구에게는 생명을 잉태하는 곳인데 누구에게는 죽음만 가득한 곳이구나.

눈높이가 중요하다. 아래에서 위를 보면 사막이지만 위에서 아래를 보면 밭이다. 돌아가시고 떠나는 어른들을 볼 때면 이곳이 사막처럼 느껴질 때가 있었다. 온기 하나 없는 황량한. 생기 하나 없는 건조한. 아, 이곳이 밭일 수도 있겠구나. 이곳은 생명이 잉태된 곳이구나!

마음에 온기와 생기를 상실할 때면 사막을 마주한다. 사막이 사막이 아니다. 사막이 사막으로 끝나서는 안 된다. 사막에 씨를 뿌리자. 사막에 올라 밭으로 내려오자.

한 이유

나는 특별히 공적인 자리가 아니면 먼저 목사라고 밝히지 않는다. 그저 불편해서다. 평소 옷차림도 그렇거니와 목사가 나이 지긋한 이미지를 가지고 있어서인지 몰라도 목사라고 밝히기 전에는 어느 누구도 나를 목사로 보지 않는다. 그도 그럴 것이 이 지역에서 가장 어린 목사이기 때문에 목사라고 말해도 믿지 않을 때도 있다. 목사같이 생기지 않았다는 말을 자주 듣곤 한다. 그래서인지 어른들이 편하게 대해 주신다. 속에 있는 이야기도 잘 꺼내시고 농담도 잘해 주신다. 그래서 편하다. 그러다가 목사임이 탄로 나면 보이지 않는 거리감을 느낀다. 먼저 조심하는 느낌이랄까. 신앙을 가지고 있던, 그렇지 않건 간에 보이지 않는 '격'이 생긴다.

그리고는 항상 똑같은 질문을 받는다.

"왜 젊으신 분이 이 시골로 오셨냐?" "힘들지는 않냐?" "적응이 되느냐? 젊은 사람은 도시로 가야 한다." 등등

때로는 도시목회에 실패해 귀양 온 것처럼 들릴 때도 있지만 실상은 시골의 삶이 녹록지 않기에 결코 나쁜 마음이 아니라 걱정되는 마음으로 하는 질문이다.

살다 보면
알게 될 거야

얼마 전 장애인 복지관에서 강의를 듣다가 그룹 내에서 이야기를 나누면서 어쩔 수 없이 목사임을 밝히는데 또 같은 질문을 받았다. 도시에서 내려오신 집사님이셨는데 "왜 시골로 오셨냐?"라고 질문하셨다. 나는 답했다.

"여기에도 하나님은 계시니까요."

예전에는 몇 가지 이유들로 답하곤 했었다. 요즘에는 한 가지 이유를 말한다. 한 가지만으로 충분한 것 같다.

조금 편하고, 조금 불편하고
조금 넉넉하고, 조금 부족하고
조금의 차이.

작은 차이는 있지만 어디에나 계시는 하나님으로 이곳을 택할 수 있었다. 한 가지 이유로 충분하다.

나의 고향

　나의 고향은 이곳 무주에서 가깝다. 차로 20분 정도 거리다. 이곳에 오기로 결정했을 때도 아주 어렵지 않았던 것은 고향과 가깝기 때문이다. 농부만 농촌을 지킬 것이 아니라 목사도 농촌을 지켜야 하고, 그 농촌이 고향이라면 더 좋겠다는 생각을 가지고 있었기 때문이다. 고향을 지키는 목사. 그게 좋게 보였다. 그리고 나는 고향으로 왔다.

　그러나 이제 나의 고향은 없다. 지역에 용수를 공급하기 위해 어린 시절에 댐을 건설하면서 나의 고향은 물에 잠기게 되었다. 실향민. 고향을 잃은 사람들. 그 사람들 중의 한 명이 바로 나다.

　고향을 생각할 때마다 떠오르는 이미지들이 있다.
　'운동장 중앙에 있던 느티나무.'
　'그 아래 시원한 그늘과 학교 조회대.'
　'벚나무, 살구나무 열매를 털어먹던 그곳.'
　'탱자나무 가시 아래 드나들던 개구멍과 발을 담그고 장난치던 개울물.'
　그 모든 추억이 물속에 감추어져 있다.

　물이 가득 찬 호수를 보며, 이 길을 지나갈 때마다 나는 어린 시절로 간다. 오늘은 물이 햇빛에 비쳐 유난히 반짝거린다. 나의 고향은 저 물 아래 있다.

물 위가 반짝이듯이 물 아래도 반짝이고 있으리라. 오늘은 나의 고향도 반짝이고 있다.

등유 1드럼

며칠 전 전화 통화 중에 선배 목사님께서 어렵게 말을 꺼내셨다.

"이 목사… 내가 사택에 보일러 등유 1드럼을 넣어 주어도 될까? 선배인데, 해 줄 수 있는 것도 없고 도움 줄 것도 없어서 늘 미안해서. 작지만 도움이 되었으면 좋겠어. 마음이라도 전해 주고 싶은데 받아 줄 수 있을까??"

어려운 형편에도 더 어려운 후배를 생각하는 그 마음이 너무나 감사했다. 시골에 있는 자립교회의 사례비가 많으면 얼마나 많겠는가? 무엇보다 선배 목사님 가정이 고등학생 자녀를 두고 있기에 보통 때라면 에둘러서 거절했을 것이다. 그러나 기꺼이 받았다. 기쁨으로 받았다. 주고 싶은 마음을 알기에. 무엇보다 선배 목사님과의 관계에서 남과 같은 사이가 아님을 인정하고 싶어서다.

남이라 하면, 줄 것도 없고, 받을 것도 없다. 남이 아니기에 마음을 나누고, 때론 주고받을 것이 있기 마련이다. 오고 가는 정이 있다. 언젠가 더 귀한 것으로 갚아 주고 싶은 마음이 있어서다.

목사이기에 많은 사람을 만난다. 담임이 되어 보니 목사들을 많이 만난다. 만나는 목사들을 두 부류로 구분할 수 있다. 닮고 싶은 사람 그리고 닮지 않을 사람. 자기만 알고 사는 사람. 자기 말만 옳은 사람. 자기 행

위만 옳은 사람. 자기 욕심만을 위하는 사람. 자기 위에 사람을 두지 않고
사는 사람이 많다. 목사라고 해서 다 닮을 것이 아니고 선배라고 해서 다
닮을 것이 아니다. 겉은 번지르르하지만, 가짜 큐빅 같은 사람이 있고, 광
택은 없지만 진짜 보석인 사람이 있다.

　가만히 지켜보면 진짜가 보인다. 그런 사람, 그런 선배, 그런 목사를 볼
때면 자꾸만 함께하고 싶고, 함께 대화하고 싶고 닮아 가고 싶은 맘이 든
다. 많진 않아도 곳곳마다 보석들이 있으니 후배 목사는 감사할 뿐이다.

　겨울비가 내리더니 제법 차가운 바람이 매섭다. 방바닥에 온기를 느낄
때마다 선배 목사님이 생각날 듯하다. 함께 어려움을 헤쳐 가는 사람. 닮
아 가고 싶은 선배가 있음에 참으로 감사하다.

탕자의 눈빛

주일예배에 낯선 분이 오셨다. 그리고 헌금 봉투에는 "○○○ 집사. 회개하는 마음으로 찾아왔습니다."라고 적혀 있었다. 예배 후 집사님을 만났다. "목사님. 50년 만에 고향교회를 찾아왔습니다." 그렁그렁 눈물이 맺힌 눈빛이 많은 말을 하고 있었다.

어떤 인생 사연을 가졌는지, 어떤 삶의 굴곡을 가졌는지 어떤 신앙의 여백을 가졌는지. 나는 집사님이 어떤 분인지 알지 못한다. 그러나 그 눈빛을 보며 느낀 한 가지.

'이것이 돌아온 탕자의 눈동자이겠구나'

때론 수많은 말보다 마음을 담은 눈동자가 더 많은 사연을 담을 때가 있다. 그리고 그 사연에 귀 기울이고 싶어진다.

나는 탕자의 마음을 가지고 있는가.
탕자의 눈동자를 지니고 있는가.
하루가 지나도 마음을 맴도는 질문들.

242

까치밥

추운 겨울만 되면 전화를 주시는 권사님이 계신다. 몇 해 전, 암으로 투병하던 며느리의 장례를 치러드렸다. 하필 그날이 어찌나 추운 날이었는지. 당시 가장 추운 날로 기억된다. 그냥 추운 게 아니라 징그럽게도 추워서 코트를 입고 핫팩을 쥐고 있어도 큰 도움이 되지 못했다. 입이 얼어 말한마디 하기 어려웠다. 폐가 얼어붙는 것 같았던 추위였다.

추운 겨울이 다가오면 권사님은 해마다 전화를 주셨다. 일 년에 한 번의 전화 통화지만 한결같은 감사의 마음을 느낄 수 있었다. 그래서 겨울이 되면 권사님이 생각난다.

권사님께서 올해 늦가을에 홍시 한 박스를 보내 주셨다. 농촌에 홍시 선물이라…. 주변에 많다고 나에게 꼭 있는 것은 아니어서 보내 주신 홍시가 올해 먹은 첫 홍시였다. 덕분에 성도님들과 함께 나누며 기쁨을 누렸다.

얼마 전 권사님이 돌아가셨다는 소식을 들었다. 몇 달 전 목소리가 마지막이었다. 보내 주신 홍시. 사진이라도 찍어 두었다면, 냉동실에 하나라도 얼려 놓았더라면 조금이라도 마음이 덜 아프지 않았을까. 상해서 버린 홍시 하나가 왜 이리 마음에 걸리는지.

빚진 자. 빚진 마음. 마음의 빚을 갚지 못하고 한 명 두 명 떠나보낸다.

이 겨울. 아직도 감나무에 달린 까치밥을 보며 권사님의 목소리를 떠올려 본다.

북극성

매일 새벽 4시 10분. 새벽예배가 시작되는 시간이다. 처음 이곳에 부임한 지 몇 달이 되지 않았을 때, 추운 겨울을 맞이했다. 그 겨울, 추위를 뚫고 새벽예배에 오시는 성도님들을 위해 새벽 3시 30분에 일어나서 오래된 로터리 난로에 불을 지폈다. 최소한 30분 전에는 난로를 틀어야 그나마 성도님들이 온기를 느낄 수 있었기 때문이다. 어찌나 몸이 버겁던지. 익숙해졌나 싶은 지금도 겨울의 새벽은 결코 쉽지 않다.

힘겨웠던 새벽마다 위로가 되었던 것은 하늘이었다. 더 정확히는 하늘의 별이었다. 어느 날 무심코 올려다본 하늘에는 수많은 별이 빛나고 있었다.

북두칠성 그리고 북극성. 유난히 반짝이던 별.

나는 별자리에 관심도 없을뿐더러 알지도 못하지만 올려다본 하늘에서 마주한 별이 나에게 큰 위로가 되었다.

'북극성과 같이 나도 이른 새벽마다 한결같이 이 자리를 빛내고 있으리라.'

이 마음을 품으며 새벽을 깨웠다.

올해도 겨울이 찾아왔다. 이 겨울 추위도 여전하다. 오늘도 새벽별을
기다리며 자리를 지켜 간다.

살다 보면
알게 될 거야

감추어진 비밀

"나도 목사님처럼 시골에서 편하게 목회하고 싶어. 항상 깨끗한 자연 속에서 살면서 정 있는 시골 사람들과 함께하면 얼마나 목회가 재미있겠어?" 도시에서 사역하는 목사님이 하신 말이다.

"목사님 교회의 일들을 들어보니 나 같으면 목사님처럼 목회 못할 것 같아요. 저는 한 달도 못 버틸 것 같네요. 목사님 어떻게 버티셨어요?" 지역 교회 목사님이 하신 말이다.

멀리서 보면 희극이고, 가까이서 보면 비극이라 했던가. 대게 감추어진 것들은 미화되기 마련이다. 말하지 못한 비밀은 모르는 만큼 아름답고, 듣지 못한 만큼 포장되기 마련이다. 그러나 현실은 그렇지 않다. 말하지 못함이 아니라 말하지 아니함으로 덕을 세워 가고자 함이다.

우리 교회는 창립된 지 올해로 75년, 나는 16대 목회자이다. 목회자들이 평균 4년 반 정도 있던 셈이다. 어떤 분은 6개월도 되지 않아 어떤 분은 1년도 되지 않아 교회를 떠났다. 심지어 1개월이 되지 않아 떠난 분도 계셨다. 가장 오래 계셨던 분이 9년이다. 왜 이렇게 목회자의 빈번한 이동이 있었을까? 다 이유가 있지 않았겠는가. 여러 이유에도 불구하고 묵묵히 지켜 가는 이가 있다. 교회는 세워져 가야 하기 때문이다.

편한 목회를 하고 싶다면서 왜 시골로 오지 않는지 모르겠다. 이 편한 길을 왜 마다하고 있는지. 누구나 자기 일은 힘들다고 한다. 그러나 남의 일은 아무것도 아니라 한다. 가 보지 않은 길은 누구나 쉬워 보이고, 걸어 보지 않은 길은 언제나 편해 보인다.

버텨 보지 않은 사람은 1분의 무게를 알지 못하고
참아 보지 못한 사람은 1분의 길이를 알지 못한다.

나도 편한 목회를 하고 싶을 때가 있다. 때론 짐을 내려놓고 싶을 때가 있다. 그러나 편한 목회가 어디 있겠는가. 그저 즐거움으로 감당하는 목회가 있는 것이겠지. 그저 자기 십자가를 지고 걸어갈 뿐이다.

이 추위가 지나고 나면

어제 80세가 넘으신 권사님의 아들을 떠나보내는 장례 예식을 치렀다. 오랜 기간 루게릭병으로 투병하시다가 연명 치료를 거부하고 기꺼이 마지막을 택하셨다. 2남 3녀의 자녀들 중 장남. 시골에서 아들, 그리고 장남은 참으로 많은 의미를 가진다. 아들의 먼저 떠나보내야 하는 슬픔의 크기를 어찌 알겠는가. 권사님은 '괜찮다' 하시지만 흐르는 눈물은 답을 찾지 못한다. 그저 다시 만날 것이라는 믿음만이 권사님을 위로한다.

애물단지 : 애물은 어려서 부모보다 먼저 죽은 자식 또는 매우 애를 태우거나 속을 썩이는 물건이나 사람을 가리키는 말.

참척(慘慽) : 참혹한 근심. 자식을 먼저 앞세우는 슬픔.

떠나보내는 자녀, 떠나보내는 슬픔을 표현할 수는 있어도 자녀를 잃은 어머니를 지칭하는 표현은 세상 어디에도 존재하지 않는다. 아마도 아들과 함께 죽기 때문은 아닐까. 자녀를 떠나보내며 어머니 또한 존재하지 않기에 그러할 것이다.

언젠가 먼저 딸을 가슴에 묻은 권사님의 고백을 기억한다. '딸을 기억할 때마다 숨이 멎고, 딸을 생각할 때마다 시간이 멈춘다. 1년 365일, 숨 쉴 수 있는 날이 없다. 매일 사는 나는, 날마다 죽어 있다' 하였다.

권사님도 중풍으로 20여 년이 넘도록 몸을 쓰지 못하신다. 그럼에도 그 병든 몸은 평생 교회를 향해 있다. 한쪽 다리를 끌며 예배로 나올 때면, 불명확한 발음으로 '아멘'을 외칠 때면, 살아온 신앙의 깊이를 추론해 볼 뿐이며 믿음으로 살아 내는 오늘을 가늠할 뿐이다.

근래 떠나보내는 일들이 많다. 마음 아픈 일들도 많다. 그래서일까. 겨울이 추운 것은 당연한데, 더욱 춥게 느껴진다.

겨울이 추워지면 추워질수록, 모든 더러운 것들은 사라지고 시야가 더욱 맑아진다. 추운 날씨도, 추운 마음도, 추운 인생도, 견디고 견디다 보면. 언젠가는. 우리의 앞날도 더욱 맑아지지 않을까.

오늘 저녁은 한파 주의보. 이 추위가 지나고 나면 숨 쉴 수 있는 날이 오지 않겠는가.

미스터 트롯

성탄 선물이 멀리서 도착했다. '기 정 떡'을 무려 2박스나 보내 주셨다. 우리 가족이 먹기에는 많은 양이라 떡을 들고 어른들의 아지트로 발걸음 을 옮겼다. 목사의 방문이 부담스러 울 만도 한데 항상 반갑게 맞아 주신 다. 돌아와 생각해 보니 떡이 좋았던 건지. 목사가 좋았던 건지. 뭐라도 좋으면 그만이지 싶다.

코로나 확진자가 지역에 간간이 나오기는 하지만 도시에 비해 현저히 적다. 물론 모두가 3차 접종까지 마쳤다. 도시에 왕래하는 것도 자제하고 심지어 자녀들 오는 것도 막는다.

"니들 오지 말아라. 혹시나 코로나 걸리면 교회도 못 가고, 친구네 놀러 못 간다. 전화만 하고 오지 말아라."

나가지도 들어오지도 못하니 그나마 코로나 바이러스에 안전한 셈이다. 그래서 모여 있는 것도 크게 걱정되지 않는다. 코로나만 없었더라면 마을회관에 함께 모여 담소를 나누며 즐겁게 보냈겠지만, 지금은 모일 수 없으니 회관을 사용할 수 없다. 그러나 장소만 다를 뿐. 교회 옆에 있는 집사님 댁에 모여 함께 TV를 보고 이야기하며 적적함을 달랜다.

대유리 사랑방. 모든 나이 든 여자들은 이곳에 모여 있다. 찾아뵐 때면 신발 놓을 자리가 없을 정도로 작은 방에 10여 명이 모여 있을 때도 있다. 나는 이 모습이 좋다. 도란도란. 사람 사는 냄새랄까.

어른들이 자주 보는 프로그램. 「미스터 트롯」 가수들이 나오는 방송이다. 여지없다. 담임목사 이름도 헷갈리시는 분들이 「미스터 트롯」 가수들은 어찌나 잘 아시는지. 조금의 틀림이 없다. 이거 참 서운해서!!!

「미스터 트롯」에 나가야 하나 싶다가도 노력한다고 될 일이 아니므로 이번 생은 틀렸지 싶다.

법과 마음

매주 수요예배 후에는 교회 청소를 한다. 시골교회를 지켜 가며 몇 없는 성도들이 눈이 오나 비가 오나 1년 52주를 빠지지 않는다.

예배를 마친 후, 원로장로님께서 남아 계셨다. 그리고는 성도들을 불러 모으셨다. 말로만 듣던 집합인가. 서로 무슨 일인가 하여 쭈뼛쭈뼛 눈치를 보고 있는데 품 안에서 봉투를 꺼내시더니 청소하시던 권사님, 집사님께 '만 원'을 건네신다.

"이게 무슨 일이래요? 우리가 드려야지 왜 장로님이 주셔요?"
모두가 놀라서 받지 않으려 하셨다.
"나도 같이 청소하고 도와야 하는데, 함께하지 못해 늘 미안합니다. 그리고 고맙습니다."

1만 원.

노령연금과 공공근로로 생계를 이어 가시는 장로님의 형편을 알기에 1만 원의 크기를 모두가 알고 있다.

한 권사님은 울컥한 마음에 자꾸만 눈물을 훔친다.

크리스마스 선물일까? 아니면 새해 선물? 어쩌면 세뱃돈일 수도… 같이 늙어 간다고 하지만 원로장로님에게는 성도들이 동생이요 딸들이다. 나이 60, 70이 넘어 받는 선물. 진짜 선물이다. 이들 중에 만 원 없는 이가 어디 있겠는가. '만 원'이 '만 원'이 아니다. 10만 원? 100만 원? 그 이상의 가치를 가지고 있다. 만 원 한 장이 참 따뜻하다. 참 좋다. 그리고 참 무겁다.

우리 교회는 여러 분쟁을 겪어 왔다. 이런 과정 속에서 내가 부임하고 강조한 것은 '마음'이었다. '법'이 아니라 '마음'이다.

헤아리는 마음.

배려하는 마음.

양보하는 마음.

용납하는 마음.

사랑하는 마음.

나는 지금도 이것이 해답이라고 확신한다. 아직도 우리는 답을 찾아가고 있다.

주 은혜임을

성탄예배에 이어 2022년 새해, 신년 주일을 맞이하여 성도님들께 선물을 나눠 드렸다. 몇몇 청년들이 커피값을 아껴 보내 준 선교비로 준비한 약과 1박스와 칫솔, 마스크를 전해 드렸다.

하나일 때는 작은 것이지만 모으고 모으니 나눌 만큼 큰 것이 되었다. 티끌이라도 무시할 것이 아니다.

하나 더 해 드릴 것을.
하나 더 사 드릴 것을.
한 번 더 대접해 드릴 것을.

지나고 나서 후회하지 않도록, 내 목양이 후회로 기억되지 않도록. 오늘이라 불리는 이날 가운데 내가 할 수 있는 것을 실천해 가고 있다.

앞날에 대한 걱정이 많지만, 너무 생각이 많으면 움직이지 못한다. 때론 무모하게. 때론 바보같이. 그렇게 움직여야 한다.

"세상 소망 다 사라져 가도 주의 사랑은 끝이 없으니

살아가는 이 모든 순간이 주 은혜임을 나는 믿네."

「주 은혜임을」 – 마커스 워십

늘 부족하지만, 때마다 이어지는 도움의 손길로 오늘을 산다. 그 손길 속에서 하나님의 은혜를 경험한다.

오직 주님이 하십니다. 오직 주님만이 하십니다.

털 슬리퍼

우리 교회는 겨울에 심야 전기보일러로 바닥 난방을 했었다. 약 20년 전, 심야 전기보일러를 처음 설치할 때는 심야 전기 요금이 저렴했지만, 지금은 일반 전기 요금과 크게 차이 나지 않는다. 교회 천장이 높고, 평수가 넓어서 4시간이 넘도록 난방을 해야 한다. 그러다 보니 난방 효율도 낮을뿐더러 전기 요금도 무척 많이 나온다. 오랜 시간 난방을 해도 조금의 온기를 느낄 정도이지 따뜻하지 않다. 그래서 올해부터 바닥 난방을 포기하고 난로와 히터를 틀어서 난방을 하기 시작했다. 난방비를 조금이라도 아끼기 위해서다. 그랬더니 성도님들이 많이 추우셨나 보다. 내내참고 말씀을 하지 않으시다가 주일예배 후에 '발이 많이 시렵다!'고 하셨다. 바닥에 깔린 담요를 보면서 '어른들이 많이 추우셨구나!' 하고 느꼈다.

너무나 죄송해서 당장 털 슬리퍼를 구입했다. 신발이 따뜻하다고 많이 좋아하신다. 조금 더 살폈으면 모두가 편했을 것인데 왜 미리 살피지 못했나 싶다. 나이가 들면 추위를 많이 탄다고 하는데, 젊은 사람에게는 사소한 일이어도 노인들에게는 사소하지 않을 수 있다. 젊은 사람의 시선으로 보면 어르신들의 필요를 놓칠 때가 있다.

교회에는 지정좌석제가 아닌데 성도님들 각자의 자리가 있다. 몸만 왔다가 몸만 가면 되게끔 자기 자리에는 성경책, 돋보기, 가방, 담요 등 저마다 필요한 것들이 놓여 있다. 성경책이 무거워서 들고 다니기 어렵기 때문에 집에서 보는 성경(집 성경)과 교회에서 보는 성경(교회 성경)이 따로 있다. 성도님들 자리에 일일이 슬리퍼를 가져다 놓았다. 조금은 따뜻하게 예배드릴 수 있도록.

목회를 하면서 느낀다. 늘 상대방이 나와 다를 수 있다고 생각해야 더 배려할 수 있다. 나와 같겠거니 생각하면 상처받는 이들이 생기고 소외되는 사람들이 생긴다. 익숙함을 깨고 나와야 사람이 보이고, 편안함을 깨고 나와야 필요가 보인다.

동병상련

둘째가 아토피 때문에 잠자기 전마다 습윤밴드를 붙이고 잔다. 간지러워 잠결에 긁어서 몸에 상처가 생기고 덧나기 일쑤이다. 깊은 잠을 자지못하고 여러 번 깨는 둘째가 안쓰럽다. 피부가 부어오르거나 상처가 생기면 약이나 로션을 바르고 자야 하는데 너무나 아프고 쓰라려서 몸을 부들부들 떨 때가 많다. 대신 아파 줄 수도 없고, 보고 있는 부모 마음에선피눈물이 흐른다.

유치원에서 온 둘째가 자랑을 한다.
"아빠! 나 시금치 두 번이나 먹었어. 선생님께 더 달라고 했어."
야채, 채소를 극히 싫어하는 것을 알기에 시금치를 왜 많이 먹었냐고물었다.
"시금치 먹으면 아토피 없어진대! 그래서 먹었지."

하이가 「번개맨」이라는 TV 프로그램 좋아하는데 아토피 관련된 노래가 있다.
'채소 파워를 갖고 싶어 힘이 불끈 브로콜리, 뼈가 튼튼 표고버섯, 눈이번쩍 가지 당근, 감기 예방 오이 감자, 하루 종일 피곤할 때 힘을 줘요 토

마토 간질간질 아토피, 물리쳐 줘 시금치, 우리 몸을 튼튼하게 해 주는 채소 파워'

아토피가 둘째에게 스트레스로 다가오는가 보다. 그리도 싫어하는 시금치를 먹는 것을 보면. 지긋지긋 아토피. 정말 싫어 아토피. 채소 파워가 필요하다.

둘째의 아토피 소식을 듣고는 한 청년이 선물을 보내 주었다. 아토피 크림이다. 본인도 어렸을 때부터 성인이 된 지금까지 아토피로 고생하고 있는데 그 아픔을 잘 아노라고, 조금이라도 힘이 되었으면 좋겠다고 선물을 보내 주었다.

받은 크림을 보여 주면서 아이에게 이야기해 줬다.
"하이만 아픈 게 아니라 언니도 어렸을 때 많이 아팠대! 그래서 아프지 말라고 언니가 선물을 보내 줬어."
"아! 그렇구나! 나만 아픈 게 아니네!!"

혼자 아픔을 감내하는 것과 어딘가에서 함께 아픔을 공유하고 걱정해 주는 이가 있다는 것은 너무나 큰 차이다. 그래서 다들 힘들지만 같은 아픔을 공감하며, 서로 위로하며, 서로 격려하며 오늘을 살아 내는 것인지도 모르겠다.

너의 아픔이 나의 아픔이 되고

너의 눈물이 나의 눈물이 되고.

너는 내가 되고

나는 네가 되고.

너와 나는 우리가 되고.

새겨진 발자국

이곳에서 사역한 지 4년째가 되었다. 돌아보면 담임 사역이 녹록지 않았다. 그럼에도 오늘까지 이곳에 서 있는 것은 지난 시간, 어려웠던 고비들을 기억하지 않고 살았기 때문이다. 잊으며 살려고 애썼기 때문이다. 그렇다고 버겁지 않았던 적은 한순간도 없었다. 울퉁불퉁 비포장도로 같은 사역의 여정에서 넘어져 피 흘리며 울었던 많은 날들이 있었다. 그저 말하지 않을 뿐이다.

바보 같은 건지. 천치 같은 건지. 많은 것을 기억하지 못하며 산다.
"아! 맞다! 그런 일이 있었지!"
아내와 지난 일들을 이야기할 때야 비로소 헤쳐 왔던 가시덤불 속 사역의 고비들을 기억하곤 한다. 그래서 가끔씩 지난 시간들을 돌아보며 사역의 순간에 누렸던 은혜의 사건들을 기록해 놓아야 하지 않을까 생각하곤 한다.

어제도 그랬다. 급히 대전에 가야 하는 일이 있어서 아내가 혼자 운전을 해야 했다. 고속도로상에서 사고가 있어서 차들이 급정거하기 시작했다. 아내 역시도 급하게 급정거를 했다. 혹시 몰라 룸미러로 뒤를 확인했는데 바로 뒤에 트럭이 속도를 줄이지 않고 달려오고 있었다. 큰일이 나겠다 싶어서 옆 차선을 확인하고 급하게 차선 변경을 했다. 트럭이 아슬아슬하게 비켜 지나가고 앞에 정차한 차량들을 크게 충돌했다. 찰나의 순간. '오늘이 마지막이었을 수도 있었겠다'는 생각이 들었단다. 떨리는 손. 진정되지 않는 마음. 한순간 두려움이 밀려왔다고 한다.

시골 산촌에서의 사역. 사람의 힘으로 어찌할 수 없는 일들이 많았다. 즉각적인 생명의 위협이든, 독충의 문제이든, 질병의 문제이든, 사역의 문제이든, 늘 고비들이 있었다. '우리 가족이 이 고비들을 어떻게 헤쳐 왔지? 어떻게 살아올 수 있었지?' 주님의 은혜가 아니고서는 설명할 수 없는 일들이 태반이다.

걸을 때는 몰랐으나 뒤를 돌아볼 때 새겨진 발자국들을 발견하듯이 당시에는 몰랐으나 돌이켜 생각해 보니 깨닫게 되는 은혜의 흔적들, 함께하셨던 주님의 숨결들을 발견하게 된다. 이곳에서 4년의 여정 곳곳마다 누렸던 은혜의 분량들이 지천으로 널려 있었다. 돌아보니, 감사하지 않은 순간이 없었고 은혜 아니었던 것이 없었다.

주님. 오늘도 여전히 주의 은혜를 누리며 살아갑니다.

초조한 기다림

오늘 한 권사님이 주일예배에 참석하지 않으셔서 안부 전화를 드렸다. 구정 명절 전에 성도님들께 오한, 발열, 감기 증상이 있으면 가정에서 예배드려 달라고 부탁을 드렸는데, 명절 후에 아들이 코로나19에 확진되었다고 연락이 왔다고 한다. 문제는 마을 안에서 철저한 자가격리가 이루어지지 않는다는 것이다. 시골은 교회 공동체 이전에 마을 공동체라서 명절 후, 주중에 이미 마을 친구들과 함께 식사도 하고 여기저기 모임도 가졌다고 한다. 늘 있는 일이라 새삼스러운 것도 없다.

권사님이 확진될 수도 있지만 바로 권사님 댁을 찾아갔다. 직접 찾아간 데에는 몇 가지 이유가 있다.

첫째, 직접 보기 전에는 들을 수 없는 말이 있다. 전화로는 말하지 않는 것을 듣기 위해서는 직접 봐야 한다. 시골은 전화로 하는 말과 직접 보고 듣는 말이 다를 때가 많다. 아들이 코로나에 걸렸는데 누가 입 밖으로 내겠는가. 가뜩이나 말 많은 시골인데 어미가 자식의 좋지 않은 일을 말하지 않는 법이다.

둘째, 직접 보지 않으면 상황 파악이 어렵다. 아들이 첫 번째 PCR검사에서는 음성이 나왔는데, 거주하는 곳에서 진행한 두 번째 검사에서는 양성이 나왔다. 그래서 만났던 사람들, 아내, 친척, 자녀들 모두 검사를 했는데 모두 음성이 나왔다. 마지막 어머니 검사만 남은 상황이었다.

셋째, 이 상황에 대하여 구분 지어 줘야 한다. 시골 특성상 좋지 않은 일은 서로 쉬쉬하고 덮는 경향이 있다. 궁금해도 질문하지 못하고, 말하고 싶어도 말하지 않는다. 그러니 문제가 발생하면 초기에 대응할 수 없다. 전화에 불이 난다. 목사가 컨트롤 타워도 아닌데 전화가 몰린다. 모두가 궁금하니까 그런 것이다. 교회 성도들에게 앞으로 진행 상황과 주의해야 할 사항들을 알려 드렸다.

넷째, 온갖 억측과 유언비어가 난무하기 때문이다. 모르면 두려움이 많은 법이다. 어른들은 코로나에 걸리면 죽는 것으로 알고 있다. 아니나 다를까 권사님도 두려움에 울고 계셨다. 자기보다 코로나에 걸려 격리 중인 아들 때문에 더 눈물이 난다. 마을에서 함께 있던 친구들은 친구들대로 맘이 복잡하다. 그러다 보면 서로의 입에서 좋은 말이 나올 리 없다. 억측은 억측을 낳고, 유언비어는 사람을 죽인다. 절대적으로 막아야 한다.

다섯째, 불안을 해결해야 한다. 성도님들께 일단 검사 결과를 기다려 보고, 만약 양성이 나오면 마을 전체 검사를 하면 될 일이다. 코로나에 걸렸다 해도 증상 자체가 사람마다 제각기 달라서 너무 걱정할 것도 없고, 무엇보다 어르신들의 경우 3차 백신까지 접종을 마쳤기 때문에 크게 걱정하지 않아도 된다고 안심시켜 드렸다. 안색이 바뀌었다. 얼굴에 있던 그늘이 한순간 사라졌다. 절망이 희망이 되는 순간이다.

어떤 일은 마을의 이장도 할 수가 없다. 목사이기에 할 수 있는 일들이 있다. 평생 같이 살아온 사람보다는 "나"와 "남"의 경계에 있는 "경계인"이기에 가능한 일들이 있다.

어느 정도 정리가 되니까 이장님께서 마을 방송을 하신다. "마을에 확진자가 다녀갔으니 이동을 자제하시기 바랍니다." 방송도 이 정도면 나름 빠른 것이다. 코로나 검사를 위해서 의료원에서 구급차가 왔다.

권사님을 보내 드리고 집으로 오는 길. "와! 말이 그렇지. 양성이 나오면 한동안 마을 자체가 격리인데…." 이 작은 마을에도 이렇게 난리인데 확진자들이 폭증하는 도시는 어떠할까 심히 걱정스럽다.

긴 기다림의 끝

아침 일찍 울리는 전화벨 소리. 어제 코로나 검사를 하신 권사님의 연락이다.

'좋은 소식일까? 나쁜 소식일까?'

"목사님!! 검사 결과 나왔는데 이상이 없데요!"

전화기 너머 기쁜 감정이 나에게까지 전해진다. 밤새 걱정이 한순간 사라졌다. 전화를 끊고서는 다른 성도들에게 소식을 전해 드렸다.

'안심하시라고, 이제 괜찮다고….'

참으로 버거운 기다림의 시간. 째깍째깍. 초침 넘어가는 소리에 죽었다가 살았다가 죽었다가. 하루를 기다리다 결과 소식에 다시 살아났다.

깊은 바다에 푸른 바다를 볼 때면 답답한 마음이 시원하게 뚫릴 때가 많았다. 하지만 시원한 마음도 잠시. 나아갈 바를 알지 못해 막막하게 느껴질 때도 있었다. 그러나 이제는 안다. 바다에도 길은 있다.

깊은 바다에도 길은 있나니 위나 아래나 나아갈 길은 있구나. 인고의 시간이 흐르면 막막함은 사방으로 흩어져 가려진 길은 형상을 드러내고 답답함은 사면으로 녹아져 헤쳐 나갈 길을 내어놓는다. 나아갈 길은 보이나니 기다림의 끝에서 살아갈 실마리를 내어놓는구나.

살다 보면
알게 될 거야

암시랑토

주변에 부작용을 호소하는 이들이 제법 많아서 미루고 미루던 코로나 백신 3차 접종이었다. 노인 성도님들을 생각하면 접종하지 않을 수 없다. 이제 때가 되었다.

무주에는 의료 시설이 많지 않아 부작용이 있으면 대응하기가 어렵다. 그러니 부작용은 no-no. 부작용이 없어야 한다.

주일 오후, 75세 권사님의 대표 기도가 생각이 난다.

"남은 인생 다 가드락 맑은 정신 주셔서, 허튼소리 안 하게 하시고, 우리 성도들 지켜 주셔서 암시랑토 안 하게 해 주세요!"

하나님! 저도 암시랑토 안 하게 해 주세요. 제발.

어머니의 새벽

간만에 완행버스를 탄다. 몇 년은 된 듯하다. 10년 전이나 20년 전이나 시골의 버스 터미널은 변함이 없다. 점점 낡고 늙어 가는 노인과 닮아 있다.

나는 초등학교 4학년에 진안에서 전주로 전학을 갔다. 면에서 시로 전학을 했으니 나름 유학인 셈이다. 시골에서 할 수 있는 최선의 유학이었다. 처음에는 하숙을 했고, 나중에는 이모님 댁에서 학교를 다녔다. '부모님이 어떻게 이런 결정을 할 수 있었을까?' 지금 생각해 보면 그만큼 큰 기대가 있으셨다. 시골의 면 소재지. 전교생 60명의 작은 초등학교에서 벗어나 큰 세상을 보여 주고 싶으셨던 것이다.

'내가 부모라면 그렇게 할 수 있을까?' 쉽게 답하기 어렵다. 내가 부모가 되어 보니 내 부모의 결단이 엄청난 것이었음을 깨닫게 된다. 내가 도시로 유학하던 당시에도 어린아이를 어떻게 혼자 보낼 수 있냐고 당시 마을에서도 말이 많았다.

어머니는 나를 전주로 유학시키고는 교회에 가서 매일 철야기도를 하셨다. 그리고 새벽마다 기도하셨다. 아들 사무엘을 떠나보낸 어머니 한나의 마음이 그러했을까. 어머니가 아들을 위해 할 수 있는 것은 차가운 교회 마루에 무릎을 꿇고 손을 모으는 것이었다.

나는 금요일 오후 혹은 토요일 오전이면 홀로 터미널까지 걸어가 표를 사고 진안행 완행버스를 탔다. 토요일에는 좌석이 없었을 때가 많았는데 귀엽게 봐주셨던 기사님들이 운전석 옆 뜨끈한 엔진 후드 위에 앉혀 주시기도 하고 작은 보조석에 태워 주시기도 했다. 60여 분 동안 멀미를 참아 가며 꼬불꼬불 가파른 절벽 길을 넘어가야 했다. 20년이 지난 지금도 길이 좋지는 않다. 하루, 이틀 가족과 함께 시간을 보내고 일요일 저녁이면 다시 전주행 완행버스를 탔다. 6년 동안 매주 버스를 탔다.

이제 20년 전 타고 다녔던 그 직행버스를 타고 지난 시간을 생각해 본다. 어머니의 바람을 생각해 본다. 어머니는 시골을 떠나기를 원하셨지만 나는 다시 시골로 왔다. 어머니는 진안을 떠나기를 기도하셨지만 나는 진안 옆 무주로 왔다. 오늘도 어머니는 시골로 온 아들을 생각하여 철야기도를 하고 새벽을 깨운다. 많은 것들이 변했지만 한결같이 자리를 지키며 변하지 않는 것들이 있다. 그래서 그 가치가 빛나는 것들이 있다.

완행버스를 탈 때마다 나는 어머니를 생각한다. 어머니의 새벽을 생각한다.

쉬쉬하는 이야기

시골에 살면서 느끼는 문화 중 하나는 바로 쉬쉬하는 것들이 많다는 것이다. 평생을 한마을에서 같이 살면서 심지어 옆집에 숟가락, 젓가락이 몇 개인지 모든 것을 다 아는 사이면서도 뻔히 보이는 일들 속에서도 쉬쉬하는 일들이 너무나 많다는 것이다. 개인적인 아픔이나 가정사야 그렇다 치지만 타인의 생명과 안전에 관한 일들도 쉬쉬하며 넘어간다.

요즘에는 코로나 확진과 관련된 일들을 많이 쉬쉬한다. 코로나에 확진된 일들은 개인의 문제가 아니라 마을 전체에 중차대한 일이 될 수밖에 없다. 시골은 도시와는 달리 마을 공동체이기 때문에 구성원 한 명이 코로나에 확진되었다는 것은 그 마을 전체로 확산한다는 의미가 있다. 빈번하게 만나고, 함께하는 생활을 고려해 볼 때 한 명의 문제가 아니라 마을의 문제이다.

주중에 마을 어르신이 코로나에 확진되었다. 그 어르신은 바로 병원에 입원하였다. 그리고는 자신이 장이 꼬여서 병원에 입원했노라 말씀하셨다.

얼마 후 군에서 나와 집을 소독하였다. 지금까지 대한민국에 살면서 장이 꼬여서 병원에 입원했는데 나라에서 나와서 소독해 준 경우는 단 한 번도 없었다. 이전에도 없었고, 앞으로도 없을 것이다. 그 어르신의 마음을 모르는 것은 아니지만 자기를 먼저 생각하기보다 자기 아내, 평생 함께 살았던 이웃들을 먼저 생각하는 것이 옳은 것이다. 문제는 가족도, 마을 주민도 목사도, 이장도 쉬쉬하고 없는 듯이 지나간다. 사람 간의 관계 이전에 자신의 직업이나 소명에 대한 윤리가 있을 것인데 시골은 무엇보다 관계에 우선순위가 있는 곳이다. 나는 이것이 늘 아쉽다.

그래서 성도님들을 만날 때마다 교육한다. 확진되어도 부끄럽거나 죄 짓는 것이 아니다. 바로 알려서 주변 사람들이 대응할 수 있도록 해야 한다. 직접 말하지 못하면 목사에게 이야기하라고. 내가 가겠노라고. 내가 정리하겠다고. 그리고 실제 확진 가능성이 있는 분을 찾아갔다. 나 역시도 일주일을 집 밖을 나오지 않고 스스로를 격리하며 보냈다. 물론 아내와 아이들에게 너무나 미안한 일이지만 누군가는 해야 할 일이다. 이번 확진자 관련해서 마을에 방송이 나오지 않는다. 이장님이 모를 리 없는데, 같은 교회 성도라서 방송하지 않는 듯하다. 시골 정서상 가능한 일이다.

쉬쉬하면 된다고 생각한다. '나만 입 닫으면 세상은 모르겠지…' 생각한다. 코로나만 그러하겠는가. 우리나라의 역사, 인간의 역사를 살펴보면 쉬쉬하는 이들의 수작 속에서 악이 꽃을 피웠다. 그리고 수많은 사람들이 고통의 열매를 먹어야 했다. 나는 모르는 척 넘어가는 그 양태에 악마가 숨어 있다고 생각한다. 악마의 속삭임에 마음을 빼앗기지 말라.

나는 이곳에 왜 서 있는가?

우리 마을에는 두 개의 교회가 있다. 윗 교회, 아랫 교회. 우리 교회는 아래에 있어서 아랫 교회이다. 윗 교회 어르신이 코로나에 확진되었다. 확진 사실에 대해 어느 누구도 말하지 않는다. 주변에 아는 루트와 사람들을 통해서 우리 마을에 확진자가 있는지를 확인하려 했다. "개인 정보에 관한 사항으로 말해 줄 수 없습니다." 그럼 코로나 초기에는 개인 정보가 아니어서 동선 파악했었나. 위드코로나로 전환되어 확진자가 폭증하는 상황이라 개인 정보의 비중을 높여서일는지는 몰라도 시골의 특수한 상황은 고려되지 않는 모양새다.

'확진 사실을 확인하지 못하면, 나는 목사로서 예배를 강행할 수밖에 없고, 그럼 확진자 1명으로 끝날 일을 50명, 100명으로 증가시킬 수 있는데, 그럼 그 결과에 대해 책임질 수 있는가.'

자세한 내용은 배제한 채, 마을에 확진자가 있는 것만 확인했다. 곧장 장로님들과 상의하여, 한 주간 예배를 가정예배로 대신하기로 결정했다. 구역장님들을 통해 교회 소식과 한 주간 마을 주민 간 교류를 자제해 달라고 부탁드렸다.

윗 교회는 여전히 예배를 드린다. 확진자 어르신의 아내 집사님도 아무렇지 않게 예배에 참여한다. 나이가 80, 90이 넘은 어르신들도 함께 예배에 참여한다. 확진자가 예배에 참여했는지조차 모르신다. 그리고 예배가 끝나면 우리 성도님들을 포함한 마을 주민들과 다시 만난다.

'목사는 그저 예배를 집전하는 사람이구나….' '목사는 예배만 드리면 그것으로 모든 책임을 다하는구나….'
그러면서 나는 목사로서 나의 믿음이 없음을 탓한다.

마을 목회, 시골 목회에서는 목사라는 직분 이전에 먼저 마음에 새겨야 할 것이 있는 것 같다. '내가 목사다' 하는 마음보다 '내가 부모다' 하는 마음이다. '내가 자녀다' 하는 마음이다. 나는 목사이기 이전에 성도를 자녀와 같이 돌보는 부모이고, 성도를 부모와 같이 모시는 자녀이다. 적어도 나는 그렇다. 나는 목사는 무엇인가를 질문하기 전에 나는 왜 이곳에 서 있는가를 질문한다.

목사의 직임만 있는 것이 아니라 그 외의 직임도 있는 것이다. 나는 나의 무지와 어리석음으로 내 성도, 내 부모, 내 자녀를 코로나 확진으로 내몰 수 없다. 어쩌면 이것이 나의 한계, 내 믿음의 분량인지도 모르겠다.

늘 윗 교회, 아랫 교회로 비교될 수 없는 상황 속에서 나는 묵묵히 목사의 길을 걸어가고 있는가.
나는 오늘도 하나님과 성도 사이에서 목회적 양심에 부끄럽지 않게 여전히 목사로 서 있는가.

목사이기 이전에 이곳에 서 있는 의미를 지키며 살아가고 있는가. 묻고 또 묻는다.

살다 보면
알게 될 거야

시간에 흘려보내면
자국조차 남지 않으리라

주일 아침, 마을 내 코로나 확진자로 인하여 교회에서 예배드리지 않고 가정에서 예배드린다는 연락을 받지 못했거나, 잊어버리고 나오신 성도 님들은 없는지 일찍부터 나와 교회를 둘러보았다. 원로장로님께서 지팡 이를 짚고 나오셔서 혼자 찬양하시고, 기도하시고, 말씀을 읽고 가셨다. 신앙의 선배로, 교회의 어른으로 존경할 만한 점들이 많은 분이다.

주중에 버스를 타기 위해 마을회관 앞에 앉아 있는 장로님을 뵈었다. 다짜고짜 썽(화)을 내셨다.

'목사가 예배를 드려야지, 예배도 안 드리고 말이야… 그래서 나 혼자 예배드렸어!!'

장로님의 말이 가시가 되어 가슴에 박힌다. 목사가 자기의 소임을 다 하지 않았다는 질책으로 들렸기 때문이다. 듣고 보니 예배를 드리지 않은 질책이 아니라 본인은 주일성수를 하고 주일예배를 지켰노라고 하는 '자기 자랑'이다. '너희는 믿음이 없지만 나는 믿음이 있는 사람이다.' 결국 그 말이 하고 싶으신 것이다. '너희는 주일에 예배를 드리지 않았지만 나 는 혼자 성전에 나와 예배를 드렸다'는 말이 하고 싶은 것이다. 교회를 생 각하고 성도를 생각해야 하는 원로장로가 자기 자랑의 벽을 넘어서지 못할 때면, 그럴 때마다 슬퍼진다.

그러나 나는 안다. 90년, 약 1세기의 생각, 신학, 신앙의 간극을 쉬이 극복할 수 없다는 것을.

이곳에 있는 4년의 삶이 늘 그러했다. 어느 한 번, 목사의 결정에 힘이 되어 주신 적이 없었다. 늘 질책하고 가르치고 혼내셨다. 하기야 자기 손주보다 어린 목사를 보며 목사라고 인정은 하셨겠는가. 부임하고 매일 찾아와 하루에 3시간씩 잔소리를 들어야 했다. 예전에 이렇게 했으니 당신도 이렇게 목회하라는 말이 대부분이었다.

예전의 이야기가 10년 전의 이야기가 아니라 30년, 50년 전의 이야기였다. 도저히 받아들일 수 없는 말들이 태반이었다. 장로님과의 일화 중에

살다 보면
알게 될 거야

기억하는 것만 적어도 족히 책 한 권 분량은 나올 듯하다. 가슴에 분노가 차오를 때 속에 있는 상한 감정이 입 밖으로 나올 때, 허벅지가 피멍이 들 때까지 꼬집으며 참았다. 억울함에 눈물이 그렁그렁 흘러나올 때 이를 악다물며 참다가 치아가 부러졌다. 그리고 한참을 고민하고 고민해서 말을 했다. 온유함, 부드러움, 따뜻함으로 대했다.

"온유함으로 훈계할지니(디모데후서 2:25)"

이것을 놓치지 않으려 부단히도 애썼다. 장로님의 질책에 대하여는 결코 흘려버리거나 없이하지 않았다. '그 질책이 틀리지 않았으리라' 생각하며 나를 채찍질하고 돌아보고 성찰했다. 그럼에도 불구하고 단 한 번도 혼날 일을 한 적이 있다고 생각한 적이 없다. 때마다 심사숙고했으며, 성도들을 위해 최선의 선택을 했노라는 자부심이 있다.

결코 익숙해지지 않는 것들이 있다. 이유 없는 질책과 상식적이지 않은 비난이다. 분쟁과 상처가 많은 교회에 부임하여 교회의 상처, 성도의 상처를 회복하기까지 수많은 질책과 비난과 비방이 가시가 되어 나를 찔렀다.

'시간에 흘려보내면 자국조차 남지 않으리라'

시간이 해결해 준다는 말을 믿진 않지만, 잠을 자면서도 박혀 있는 가시를 빼내며, 하루하루 상처 난 마음을 치료하며 어찌할 도리 없어 묵묵히 버티었다. 시간은 나에게 답을 주기도 했지만, 몸에 병을 주기도 했다.

몇몇 성도님들은 '원로장로님 승질머리가 원래 그래요. 저놈의 성질머리 평생을 바뀌지 않네요. 그러니 목사님 신경 쓰시지 마세요. 잘하고 있어요!'라고 위로해 주시곤 한다.

4년이 지난 지금. 예전보다 빈도는 덜하지만, 장로님의 질책과 비난이 여전히 가시가 되어 박힌다. 이해한다고 해서 옳은 것은 아니며 안다고 해서 아프지 않은 것은 아니다. 가시는 가시고, 상처는 상처다. 아픈 것은 아픈 것이다. 그럼에도 나는 성도들을 돌봐야 한다. 코로나 이전에도, 지금에도, 이후에도.

그래서 기도한다. 여전히 나를 찌르는 가시들로 하여 장로님의 질책이 환자의 소리로 치부되지 않기를 위하여. 나의 아픔, 나의 눈물로 인하여 성도들의 요청이 허튼소리로 들리지 않기를 위하여. 관심을 구하는 성도들의 투정이 쓸모없는 소리로 들려지지 않기를 위하여. 나의 감정이 태도가 되어 무례함으로 표현되지 않기를 위하여.

살다 보면
알게 될 거야

살얼음 걷기

매년 여름이면 원로장로님의 자녀들이 와서 농사지은 고추를 딴다. 한 두 해 농사지은 것도 아니고, 햇수로 치면 20년이 넘도록 매년마다 농사 일을 돕는데, 아직도 30분씩 잔소리를 듣고 고추를 따야 한다. 뿐만 아니라 장로님이 고추를 따는 자녀들 뒤를 따라다니며 다시 일을 하신다. 모두가 못 미더운 것이다. 그래서 동네 주민들도 원로장로님의 농사일을 돕지 않는다. 일해 주고 싫은 소리 듣는 것이 태반이기 때문이다. 본인이 한 일만 옳고, 좋은 일이며 남이 한 일은 늘 못마땅하다. 자기 지시에 움직이고, 자기가 먼저 시작해야 직성이 풀린다. 90세가 되도록 자기가 주인인 세상을 살아간다.

전에 장례식장에서 원로장로님의 큰 아드님을 만난 적이 있다. 원로장로님의 큰아들도 목사님이신데 이런저런 이야기를 하시다가 속에 있는 말씀을 하셨다.

"목사님! 많이 힘드시죠? 저희 아버지 때문에 더 힘드시겠네요. 저희 아버지. 참 힘든 양반이에요. 내 나이가 60이 넘었는데 아직도 잔소리를 들어요. 그러니 젊은 목사님은 얼마나 힘이 드시겠어요. 힘드시더라도 많이 참아 주세요." 선배 목사님의 당부가 절절히 다가왔다.

마을 주민들, 성도들, 장로님의 자녀들을 생각해 보면 평생을 참고 살아오신 분들이다. 그것에 비하면 나는 고작 4년이다. 나의 감정에 매몰되면 한없이 억울하지만 억울한 것들도 흘려보내야 한다. 어쩌면 함께할 날들보다 함께하지 못할 시간이 가까워 올 것을 알기에 더 많은 좋은 기억으로 오늘을 살아야 한다.

마음고생과 연단. 어떻게 받아들이느냐에 따라 달라지는 것. 주체가 누구인가에 따라 달라지는 것이다. 그러니 마음고생을 연단으로 마쳐야 한다.

살얼음을 걷는 듯한 사역의 여정. 상한 감정은 지나간 발자국 위에 놓아두고 한 발 한 발 앞으로. 살얼음을 걸어야 강물을 건널 수 있다. 억울함에 매여 전진을 멈추지 말라.

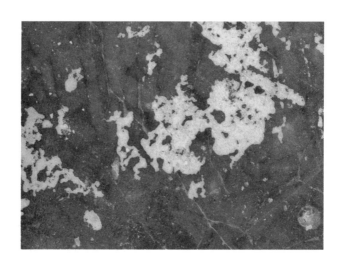

살다 보면
알게 될 거야

죽을 일

갑자기 연락이 왔다. 여든이 넘으신 남자 집사님이 산에서 나무를 하다가 비탈길에서 구르신 모양이다. 이마가 많이 찢어져서 지혈되지 않았다. 결국 119를 불러서 병원으로 이송했다. 여기에서 가장 가까운 병원이 무주 의료원까지 20분, 진안 의료원까지 40분, 전주 대형병원까지 60분. 가까이에 병원이 있음에도 머리를 볼 수 있는 의사가 없어서 결국 멀리 전주까지 가셨다. 전화를 드렸더니 아내 장로님께서 경황이 없으셔서 이송된 병원이 어디인지도 모르셨다.

"목사님. 어떻게 해야 할지 모르겠어요. 의사들이 집사님을 봐주지 않아요. 어떻게 해요?"

장로님의 목소리가 심히 떨린다.

"장로님, 일단 아드님에게 먼저 전화하시고, 종합병원 응급실에 들어가셨으니까 의사들이 절차에 맞게 치료하실 거예요."

코로나만 아니면 같이 갔을 것인데 장로님 홀로 보낸 마음이 좋지 않다.

평생, 몸을 쓰고 일을 했지만 80이 넘어서도 여전히 일을 하신다. 농촌에는 뭐가 그리도 할 일이 많은지. 이런 일을 겪을 때면 시골 목사는 어찌

할 도리가 없다. 죽는 날까지 호미, 괭이를 놓지 못하고, 농사일을 붙잡고 살아야 하는 농부의 인생이 얼마나 슬프고 안쓰러운지. 목사는 죽었다 깨어도 이해하지 못하는 농부의 운명이 있다. 끊으려야 끊을 수 없는 숙명의 끈에 묶여 있다.

성도님들과 이야기하다 보면 '시골은 죽을 일만 있다'는 농담을 한다. 지천에 죽을 이유들만 넘쳐 난다는 뜻이다. 살 이유보다는 죽을 이유가 많다는 뜻이다. 홍수, 태풍, 산사태와 같은 천지지변, 갑자기 닥치는 농기계 사고, 저마다 가지고 있는 2-3가지의 질병들. 이곳에는 치료할 수 있는 의료 시설이 없다. 병원이 있으면 의사가 없고, 의사가 있으면 치료할 시설이 없다. 병원과 시설이 있어도 위험 부담을 안고 치료하려 하지 않는다. 그러니 상급병원으로 가야 하는데 도착하는 데 최소한 한 시간이 걸린다. 도착하기 전에 구급차에서 생을 마감할 때가 있다. 죽을 일만 넘쳐 난다는 말이 거짓이 아니다. 다행히도 집사님은 상급병원에 도착하셨다. 경과가 어찌 될지 걱정이 앞선다.

"하나님은 나를 돕는 이시며 주께서는 내 생명을 붙들어 주시는 이시니이다(시편 54:4)"

나의 길

원로장로님과의 일화들을 떠올릴 때면 주변에서 많이 공감해 주시고 위로해 주신다. 나보다 나를 더 걱정해 주시는 동역자들이 있어서 너무나 감사하다.

그러면서도 '이 목사'가 시골목회를 포기하면 어쩌나 하고 걱정해 주시기도 한다. 생각보다 지금껏 시골목회를 하면서 단단하게 견디며 왔다. 좋은 일에 자만하지 않았다. 좋지 않은 일에 주저앉지도 않았다.

실상 이곳에 올리는 일들은 대부분은 적어도 내 속에서 회복이 되었거나 혹은 해결된 문제들이다. 지난 시간들을 돌아보면서 당시에는 버거웠지만, 지금은 담담하게 웃을 수 있는 일들이 대부분이다. 문제가 없었을 때는 없었다. 늘 고비는 일었지만 하나하나 넘어왔다. 그렇기에 모든 것이 주의 은혜라 고백할 수 있다.

이곳에 부임했을 때, 지역 목사님들 몇 명이 내기를 했다고 한다. 지나가는 농담 같은 것이었다. '이 목사가 얼마나 버틸 것인가?' 하는 것이었다. 1개월? 3개월? 6개월? 사람마다 생각은 달랐지만 대부분 6개월을 버티지 못하고 떠날 것이라고 했었다. 모두가 틀렸다. 그리고 4년이 지났다.

목회를 하면서 모두가 나를 다 좋아할 수는 없다. 그뿐만 아니라 내가 모든 사람을 모두 다 만족시킬 수도 없다. 다만 나는 나의 길을 가는 것이고 나에게 맡겨진 일을 하는 것이다.

감사한 것은 아직까지는 나를 싫어하시는 분들보다 나를 좋아하시는 분들이 많다는 사실이다. (내 착각일 수도 있지만) 부끄러움 없이 나에게 맡겨진 날까지 세워 주신 분에 순종하며 나의 소임을 다하며 서 있는 것이다. 그것이 내가 할 수 있는 전부다.

살다 보면
알게 될 거야

봄의 시작

한낮의 따사로운 햇볕.

대지에 심어진 신록의 모종

농부들의 경쾌한 뒷모습

사방에서 풍겨 나는 거름 냄새.

부산스러운 트랙터 소리

생기가 넘치는 골목길.

오감으로 다가오는 봄의 시작.

둥지

마음속 둥지를 트는 염려의 파편들과 근심의 가지들.

있어도 없는 척.

알아도 모르는 척

덮어놓고 사는 것들이 저마다 있지 않겠는가.

살다 보면
알게 될 거야

보상

2년 전 마을에 물난리가 있었다. 60일이 넘도록 비가 내렸고, 댐의 수위 조절을 제대로 하지 못해 마을 대부분의 농경지가 침수되었다. 2년이 지난 지금. 이제야 보상이 나올 듯하다. 사실 2년 만에 보상이 나온다는 것도 놀라운 일이다. 3-4번에 걸친 지리한 조사 과정들을 보면서 보상은 물 건너간 것은 아닌가 생각하고 있었다. 마을 어르신들이야 보상액에 대해 크게 기대하지 않는 눈치이고, 그저 나오는 것에 감사하고 있다.

어릴 적부터 시골에 살면서 경험했던 어린아이의 시선으로 생각해 보자면, 늘 억울하고 서러운 것은 농부들이었다. 배운 것도 없고, 그렇다고 빽도 없어서 억울한 일이 있어도 하소연할 곳도 마땅치 않았다. 그렇다고 돈이 있는 것도 아니어서 소주 한두 병, 막걸리 한두 주전자 사 마시고 눈물 섞인 한숨을 내쉬는 것이 고작이었다.

그러다가 속에 울분을 감내하지 못하면 화풀이할 대상을 찾아 두리번거렸고 연약한 아내나 자식들에게 대신 화를 풀었다. 힘과 빽이 없는 것이 문제였을까. 술이 문제였을까. 사람이 문제였을까. 세상이 문제였을까.

지금 생각해 보면 왜 그렇게 때리고 맞으면서 살았는지. 분노는 그렇게 억울함의 가면을 쓰고 폭력을 행사할 약한 대상을 찾아다닌다.

시간이 흘러 조금씩 세상이 바뀌니 조금이나마 보상이 빨리 나오게 되었다. 바람직한 일이다. 그러나 여전히 바뀌지 않는 것들이 있다. 문제가 생기고 사건이 생겨서 손해 보고, 아프고, 피눈물 나는 사람은 있는데 어느 하나 책임지는 사람이 없다. 책임은 고사하고 수습하는 사람도 없다. 늘 사건 당시에 말로만 약속하면 그뿐이다.

'어떻게 하면 보상하지 않을 수 있나. 어떻게 하면 모른 척할 수 있나. 어떻게 하면 책임을 회피할 수 있나'를 고민하는 사람들은 지천으로 널려 있는데, 자기 일처럼 생각하는 사람은 없다. 피해자는 자신을 탓하며 변두리에 홀로 머물러 있고, 그러니 피해자는 늘 외롭다. 내 부모, 내 형제, 내 자녀의 일이라고 생각하면, 일어나지 않을 일들이 여전히 세상에 존재하고 있다.

보상 관련 서류를 준비하는 데 도움을 주었다. 사실 도움이랄 것도 없다. 신분증이나 통장, 기타 서류들을 복사하는 것이다. 시골에는 종이 한 장 복사하는 것도 쉽지 않은 일이다. 마을 어르신이 도와줘서 고맙다고 '청란' 한 판을 가져오셨다. 크기도 제각각. 색깔도 제각각. 저마다 다른 것들을 모아 놓으니 나름의 아름다움이 있다.

나로 인하여 타인이 억울한 일을 당하지는 않았는가.
그리고 나는 억울한 일에 마땅히 보상하며 살아가고 있는가.
타인이 겪는 억울한 일을 모른 척하지 않았는가.
그리고 억울한 피해자를 홀로 방치하지 않았는가.

마을에 있는 보상 관련 일들을 겪으며 잠시나마 생각을 가져 본다.

살다 보면
알게 될 거야

농촌의 현실

시골에 살면서 좋은 점은 마음껏 자연을 누리고 살 수 있다는 점이다. 가진 것이 없어도, 내 것이 아니어도 보고, 듣고, 느끼고 온전히 누릴 수 있다. 그러나 가끔은 낯선 풍경을 마주하게 된다. 산에 푸르던 큰 나무들이 뎅강뎅강 잘려 나가 산의 텅 빈 허리춤을 볼 때면 보는 이의 마음도 공허해진다. 산의 주인이 국가의 허락을 받아 나무를 벌목하여 판매하는데, 이 나무들은 대부분 화목 보일러의 땔감으로 사용된다. 그리고 벌목한 그곳에 다시 작은 묘목을 심는다. 이전의 모습을 회복하기 위해서는 수십 년 동안 나무를 키워야 하는데, 그때까지 봐야 하는 텅 빈 산의 모습이 여간 눈에 거슬리는 것이 아니다.

다른 하나는 태양광 발전 시설이다. 산에 설치되었던 태양광 발전소가 이제는 논과 밭을 점령하고 있다. 농사의 수익성이 점점 떨어지는 것도 이유지만, 농촌 인구의 고령화로 인해 실제 경작하지 못하는 일들이 늘어가고 있다.

우리 마을만 해도 작년부터 농사를 짓지 못해 땅을 내놓는 집이 많아지고 있다. 대신하여 경작하는 이들이 없어 노는 땅이 늘어나고 있다. 결국 땅을 놀릴 수 없으니 태양열 시설이라도 설치해서 수익을 내려고 하는 것이다.

모두가 생계와 관련된 일이므로 무작정 막을 수는 없지만, 너무나 좋지 않게 변해 가는 시골의 모습이 그리고 있는 것마저 사라져 버리는 현실이 참으로 안타깝기만 하다. 어쩌면 쇠락해 가는 농촌의 마지막을 미리 보는 것 같은 기시감(旣視感)일는지도 모른다.

해를 거듭할수록 마을의 빈집은 늘어나고, 사람들이 하나, 둘 줄어 간다. 빈자리들만 늘어간다. 과연 그 빈자리들을 무엇으로 채워질까. 가난과 채무, 오염과 훼손, 공허와 쓸쓸함. 그리고 태양광 발전소가 아닐까.

자기 하기 나름

바람에 실려 온 살포시 매운 쪽파 냄새. 몇몇 어른들이 흙바닥에 앉아서 이른 봄, 일찍이 심었던 쪽파를 뽑아 다듬고 계셨다. 혹시나 추울까 싶어 커피를 타서 전해 드렸다. 커피는 역시 맥심이다.

뜨거운 커피에 어른들 손이 데일까 싶어 종이컵 두 개를 겹쳐 드렸다. 위(옆) 교회 집사님께서 "목사님, 아깝게 종이컵을 두 개나 주셨어요?"

"아깝기는요~ 집사님이 데이면 안 되니까요. 집사님한테는 3개, 4개도 드릴 수 있어요. 집사님은 소중하잖아요."

"목사님은 이렇게 말을 이쁘게 한대요?"

"원래 말은 이쁜 사람을 찾아간대요. 여기 다 이뻐서 이쁜 소리만 하게 되네요."

마음에 흡족하셨는지 크게 웃으셨다. 세 분 나이를 합하면 220세. 나이에 상관없이 누구나 이쁘다는 말은 싫지 않다.

저녁에 집사님이 쪽파로 김치를 담가 오셨다. 말 한마디에 천 냥 빚을 갚는다고 했다. 우리 동네에선 말 한마디에 쪽파김치를 얻어먹는다. 가끔씩은 말 한마디에 떡이 떨어지기도 한다. 뭘 하든 다 자기 하기 나름이다.

우리의 위로는 어디서 오는가?

코로나가 다시 확산하기 전에 마을회관에서 토요일마다 한글 교실이 열렸다. 많지는 않아도 5-6명 정도가 무료로 가르쳐 주시는 한글 선생님께 배움을 이어 가고 있었다. 하루는 병원에서 퇴원하신 권사님이 계셔서 심방차 회관을 방문하였다. 이런저런 이야기를 나누다가 윗 교회 집사님께서 이런 이야기를 하셨다.

"목사님 제가 원래 교회를 안 나오려고 했어요. 제가 글을 몰라서…. 부끄러워서 교회 나오기가 싫었어요. 찬송도 불러야 하는데, 성경도 읽어야 하는데 글을 모르니까요."

집사님께 말씀드렸다. "집사님 예수 믿고 구원받는 것은 글을 알고 모르는 것과 상관이 없어요. 예수 믿는 것이 중요하지 많이 배운 게 중요한 것이 아니에요." "집사님 그보다 저는 집사님께 감사하네요. 집사님이 어려운 세상에 태어나서 그렇게 고생하고 애써서 제가 이렇게 좋은 세상에 살고 있잖아요. 집사님께서 고생하신 만큼 제가 편하게 살았고 집사님께서 못 배우신 만큼 제가 배워서 이렇게 목사가 되었잖아요. 그러니 어쩌면 제가 집사님의 덕을 많이 받았네요. 그래서 고마워요. 그냥 하는 말이 아니라 진짜 고마워요." 그리고는 손을 꼭 잡아 드렸다.

집사님 눈에서 그렁그렁 눈물이 맺혔다. "목사님. 어떻게 그런 말을 해주신대요. 제가 못 배운 것이 평생 한이었는데 이렇게 말씀해 주시니 너무 고마워요. 시골 골짝에서 태어나서 그저 죽는 인생인 줄 알았는데, 내가 살아온 것이 이렇게 의미 있었다는 것이 너무 좋아요."

우리 마을뿐 아니라 시골 어르신들에게는 배우지 못한 한이 있다. 그저 하루 끼니를 걱정해야 하는 시대에 태어나서 이른 새벽부터 저녁까지 논밭에서 일을 해야 했다. 이런 이들에게 배움은 사치였다. 'ㄱ ㄴ ㄷ ㄹ 가나다라'조차도 배우지 못한 이들이 태반이다. 자기 이름 석 자만 쓸 수 있어도 감사한 일이었으리라. 예전에 우리 마을에는 초등학교 분교가 있었다. 그러니 초등학교를 나왔다는 것이 이들에게는 큰 훈장이다. 반면 분교에 발을 들이지 못하고 멀리서 구경만 하던 이들에게는 평생의 한이요, 큰 상처일 수밖에 없다.

어르신들이 어려운 이야기를 할 때마다 "나는 못 배워서, 알지 못해서"라는 말을 많이 하신다. 나는 그런 말을 하지 못하도록 타이르거나 때로는 강하게 말하기도 한다. 절대로 배움의 정도로 어른들을 판단하지 않는다고. 사람의 가치는 배움에 있는 것이 아니라 진실한 삶에 있음을 누누이 강조한다. 우리 교회 어르신들에게는 자주 하는 말이지만 처음 듣는 윗 교회 집사님은 크게 감동이 되었나 보다.

위로는 어디에서 오는가.

네가 살아온 삶의 무게를 함께 느끼는 공감.
상한 마음을 토닥이며 안아 주는 따뜻함.
너를 기꺼이 안아 우리가 되겠다는 정성.
그저 잘되기를, 행복하기를 바라는 바람.
우리 안에는 거짓이 없다는 진정성.
너의 오늘에서 답을 찾겠다는 눈 맞춤.

우리의 위로는 어디서 오는가.

인조 잔디

언젠가부터 시골에는 어울리지 않는 풍경이 생겨나고 있다. 눈에 거슬리는 무언가가 있다. 바로 인조 잔디이다. 왜 시골에 인조 잔디가 필요하지? 아무리 생각해도 답을 얻지 못했다.

새롭게 등장한 인조 잔디의 용도는 봉분의 천연 잔디를 대신하여 인조 잔디를 입히는 것이다. 본래 잔디는 흙으로 쌓은 봉분이 비에 씻겨 훼손되는 것을 방지하기 위해 두르는 것이다. 그런데 때마다 벌초를 해야 하는 수고와 관리의 번거로움을 대신하고자 인조 잔디로 바꾸는 것이다. 아마도 천연 잔디나 인조 잔디나 같은 잔디라고 생각하는 듯하다. 이런 인조 잔디가 우리 마을뿐 아니라 다른 마을에도 속속 생겨나고 있다. 나는 이런 인조 잔디를 볼 때마다 오늘날 농촌의 현주소를 자각하곤 한다.

정(情) : 오랫동안 지내 오면서 생기는 사랑하는 마음이나 친근한 마음.

예전, 한국 사회를 정의하는 단어가 '정'이었다. 하지만 오늘날 가장 마주하기 어려운 것이 정이 아닌가 싶다. 도시만 그런 것이 아니라 시골에서도 정을 느끼기가 쉽지 않다. 오히려 '정'보다는 '텃세'가 자리 잡고 있다. 이제 시골에서도 '정'이라는 것이 천연기념물이 되어 버렸다.

곳곳에 생겨나는 인조 잔디를 보면서 급속히 세속화되고 개인주의화 되는 농촌의 현실을 마주한다. 우리의 삶이 편리함에 속아 본질을 놓치고 살아가고 있지는 않은가. 행위의 본연보다는 행위 그 자체에 치중하고 있지는 않은가.

내일 일은 난 몰라요

성도님들이 가장 좋아하셔서 습관처럼 흥얼거리는 복음성가다.

내일 일은 난 몰라요 하루 하루 살아요
불행이나 요행함도 내 뜻대로 못해요
험한 이 길 가고 가도 끝은 없고 곤해요
주님 예수 팔 내미사 내 손 잡아 주소서

－「내일 일은 난 몰라요」

하루 앞길도 모르는 끝이 없이 곤한 인생길. 밀치고, 넘어뜨리고 자빠
뜨리는 이들은 지천으로 널려 있는 듯한데 세워 주고 일으켜 주는 이는
손에 꼽기도 어렵다.

그래서 홀로 갈 수 없는 길.
주님 손잡고 가야 하는 길.

어른들이 좋아하시는 데에는 다 이유가 있다.

두 가지 기도(하나)

처음 이곳에 부임하면서 기도했던 2가지가 있었다. 생활이야 어차피 어려울 것이라고 각오하고 선택했기에 기도 제목에 있지 않았다. '이것이 부름이라면 책임져 주시겠지!'

첫 번째 기도 제목은 교회에 분쟁이 있었으므로 빠른 시간 안에 온전케 되고 회복케 해 달라는 것이었다. 쉬운 여정은 아니었지만, 결과적으로 부임한 지 6개월 만에 정상화되었다.

두 번째 기도 제목은 '한 번의 연임'이었다. 우리 교회 역사를 보니 많은 교역자가 부임과 사임을 반복했다. 평균 4년 동안 계셨다. 부임한 지 한 달 만에 사임하신 분도, 3달 만에 심지어는 2주 만에 가신 분도 계셨다. 이유를 들자면 많겠지만 결코 쉬운 교회는 아니었기 때문이다.

물론 쉬운 교회라는 것은 없겠지만 최소한의 목회자의 자리를 인정하지 않았던 것 같다. 내가 부임하고도 어른들이 찾아와 쉴 새 없는 질책과 지적이 있었던 것을 생각해 봤을 때, 아마도 이것을 당해 낼 재간이 없었으리라.

지난가을 부임한 지 3년이 되어 연임 청원을 했다. 모두가 기쁨으로 연임을 찬성해 주셨다. 그리고 올해 4년째가 되었다. 그러나 연임 청원을 했던 주일에 큰 슬픔을 느꼈다. 연임의 기쁨보다 이전의 교역자들이 감내했을 아픔과 눈물이 느껴졌다. 생존의 기쁨과 안도감보다 사명과 부름에 순종하며 부임했지만 부러지고 쪼개져 내팽개쳐졌을 이전의 목사님들이 생각났다.

살다 보면
알게 될 거야

두 가지 기도(둘)

전에 성도님들을 호되게 질책한 적이 있다. 목사와 성도가 함께 성장하며 성숙해 나가야 좋은 교회인데, 과연 성도님들은 목사의 성장과 성숙을 위해 어떤 노력을 했는가. 성도의 믿음이 성장하지 못하고 성숙하지 못하면 결과적으로 모든 책임은 목사에게 있다. 그렇다면 성장하지 못하고 성숙하지 못한 목사의 책임은 누구에게 있는가. 모든 것이 다 목사의 책임이라 말할 수 있는가. 이전에 목회자가 16명이 있었는데, 70년 동안 단한 번 찾아오지 않고 어느 하나 연락하지 않는 것은 누구의 잘못인가. 떠나간 목회자도 이곳을 신앙의 고향이요, 자기 신앙의 요람으로 생각해야하는데 떠나고 뒤도 돌아보지 않는다면 과연 이곳이 아름다운 곳인가.

모두가 다 자기 잘난 맛에 산다고 하지만 객관적으로 자신을 돌아봐야한다. '우리 교회가 좋은 교회인가? 우리 성도가 좋은 성도인가? 나는 과연 좋은 사람인가?' 목사와 성도, 성도와 목사가 동반자가 되고 동역자로서 있어야 하는데 과연 여러분은 목사를 동역자와 동반자로 받아들이고있는가?

솔직해져 보자. '대유교회가 예수 그리스도의 피 값으로 산 교회인가? 여러분 그렇게 믿고 있는가? 그렇다면 여러분의 믿음처럼 그렇게 살았는가?
우리는 부끄러움을 알아야 한다. 그렇지 못하면 우리에게 희망이 없다.

돌아보면 이곳에 뼈를 묻는다는 심정으로 사역했다. 그렇기에 '오늘이
마지막'이라는 마음으로 임했다. '나가라' 해도 후회 없이 나갈 수 있다는
마음으로 교회를 온전케 하려 힘썼다.

이런 상황에서 가장 큰 장애물은 '스스로가 의인이요, 우리 교회는 자
랑할 만한 교회라는 헛된 자부심'이었다. 스스로는 옳다고 여겼지만 옳은
것이 없었고, 스스로는 자랑할 만한 것이 많다고 여겼지만 자랑할 만한
것이 없었다. 그저 헛된 편견이요, 헛된 자부심이었다.

자기를 객관화하지 않으면 내가 사는 길이라 생각했던 길이 죽는 길이
될 수 있다. '내가 옳다'고 주장하던 것들이 다른 사람을 고통으로 몰아갈
수 있다. 나로 인하여 다른 사람을 죽음에 이르게 할 수 있다. 그러니 한
발 물러서 자기 자신을 돌아봐야 한다. 교회도, 사회도, 사람도.

돌아보면 이곳에 오면서 드렸던 두 가지 기도를 다 들어주셨다. 이제는
어떤 기도를 드려야 하는가. 무엇을 위해 기도해야 하는가.

잠잠히 기도를 위해 묵상할 때마다 우리 교회의 역사 가운데 스쳐 간
많은 목사님들의 수고와 눈물 그리고 상처들의 잔상이 보인다.

분노의 호미질

며칠 전, 원로장로님이 갈비뼈 아래 큰 통증을 호소하셔서 대전 보훈병원에 입원하셨다. '아직도 통증은 있는지. 병원에 잘 계시기는 하시는지.' 걱정이 돼서 연락을 드렸다.

"장로님. 몸은 어떠세요? 괜찮으세요?"

"참! 목사님도 답답하네! 내가 괜찮으면 집에 있지. 왜 병원에 있겠어요?"

'내 할아버지다'라고 생각하며 따뜻한 마음으로 배려하지만, 늘 차갑고 날 선 말들이 날아온다. 예상하고 준비하지만, 전화 첫 마디에 면박을 받으니 걱정하던 마음도 사라졌다. 예전 같으면 참고 넘겼겠지만, 이제는 이곳에 산 지도 4년째인데… 장로님께 말씀드렸다.

"장로님이 걱정되어 연락드렸는데 이렇게 면박을 주시면 제가 어떤 말을 해야 합니까? 장로님께 관심을 가져야 합니까, 말아야 합니까? 전화를 드려야 합니까, 말아야 합니까?"

어제 밭에서 일하시던 집사님을 만났는데, 집사님도 원로장로님 때문에 속상한 일이 있었노라고 말씀하셨다. 하루는 원로장로님이 밭에서 풀을 매고 계시길래, 반가운 마음에 장로님 곁으로 가서 인사를 하셨더란다. "장로님. 뭐 하세요?" 그러자 역정을 내시며 "집사님. 내가 뭐 하는지 안 보여? 풀 매잖아! 보면 몰라?" 집사님이 너무 당황해서 인사만 하고 지나가셨단다. 그러면서 이제는 무서워서 인사도 못 하겠다고 하셨다.

원로장로님이 올해 89세이시다. 몸도 많이 약해지시고 치매 증세도 있으시다. 성도들이 말씀하시기를 장로님이 젊었을 때는 유쾌하고 농담도 많이 하셨다는데. 그래도 성질머리는 한결같이 지랄 맞았다고!!!

많이 참으며 따뜻하게 대하지만 면박과 핀잔으로 반응하실 때면 마음에 상처로 다가올 때가 많다. 때로는 좋은 감정들도 사라져서 정이 뚝뚝 떨어질 때도 있다. 그러나 그때마다 마음을 다잡는다. 다가가는 것도 말한마디 붙이는 것도 큰 용기가 필요하다. 그래도 홀로 둘 수 없기에 다가가고 또 다가간다. '참, 잘해 드리고 싶은데…' 마음 같지 않을 때가 많다.

예전에 한 권사님이 가르쳐 주셨다. 75년 인생을 살아오면서 상한 마음을 다스리기 위해 본인은 3가지를 하셨다고 한다.
첫 번째, 예수 믿는 것.
두 번째, 텃밭 가꾸는 것.
세 번째, 붓글씨 쓰는 것.

첫 번째는 하고 있으니 오늘은 두 번째를 실천해야 할 것 같다. 마음을 다스리기 위해 텃밭이나 갈아야 하겠다. 지금은 분노의 호미질이 필요할 때다.

살다 보면
알게 될 거야

4장

살며,
살아가며

담을 넘어서

권사님의 며느리에게서 전화가 왔다. 저녁 10시면 시어머니와 늘 통화를 하는데, 집 전화, 휴대폰 모두 다 연락이 안 된다는 것이다. 남편 장로님이 돌아가시고, 혼자 이곳에 계시기에 부탁할 곳이 없어 나에게 연락하셨다.

혹시나 하는 마음에 부지런히 뛰어갔다. 집 앞에 도착해서 대문을 두드리고, 권사님을 불러도 아무런 대답이 없었다. 쓰러지신 것은 아닌가 싶어 마음이 초조하여 결국 담을 넘었다. 시골 목사는 담도 잘 넘어야 한다.

집에 들어가 보니, 목사님이 이 저녁에 무슨 일이시냐고 맞아 주셨다. 나이가 들어 귀도 어둡고, 방 안 TV 소리가 커서 밖에서 부르는 소리를 듣지 못하셨다. 권사님의 휴대폰을 살펴보니 에어플레인 모드로 되어 있었다. 진동 모드로 바꾸시다가 잘못 누르신 듯하다. 집 전화는 쓸데없는 전화가 너무 많이 와서 선을 뽑아 놓으셨다고 한다.

권사님 휴대폰으로 며느리와 연락해 드리고 집으로 돌아왔다. 연신 '고맙다' 하시는데 고마운 일인가 싶다. 당연히 해야 할 일인데.

돌아오는 길. 모든 것이 멈춘 듯 온 마을이 조용하다. 어둠 속에 가로등 한 개만이 마을을 밝히고 있다.

살다 보면
알게 될 거야

무슨 부귀영화를 누리겠다고

잡초가 무성하던 곳을 내버려 둘 수 없어서 풀을 매고, 돌을 골라내었다. 그리고 비닐 멀칭을 하였다. 농사는 '장비 발'이라 하던데 장비는 없고 힘만 있으니 호미와 쇠스랑으로 열심히 땅을 일구었다. 작은 땅덩어리인데도 왜 이리 힘이 드는지. 무슨 부귀영화를 누리겠다고. 중간에 그만둘까 하다가 아이들에게 자기 이름으로 된 텃밭을 만들어 주기 위해 다시 일했다.

예전에는 텃밭을 여자 성도님들이 다 일궈 주시고 가꿔 주셨다는데, 생각해 보면 미안해서 어떻게 보고만 있었나 싶다. 내가 해 보니 보통 일이 아니다. 스스로 해 보지 않으면 고됨의 정도를 깨닫지 못한다. 남이 해 주는 일은 다 쉬워 보이고, 다 편해 보인다. 남이 해 주는 일이 모두가 당연하게 느껴지는 법이다. 그러나 세상에 당연한 일들이 몇 가지나 있겠는가. 누군가의 배려와 희생이 있어 가능한 일이다.

내가 일하는 것을 보시고, 권사님께서 해 주신다고 하시는데 거듭하여 거절하였다. 안 했으면 안 했지, 어떻게 성도님들의 손을 빌리겠는가. 나이가 70이 넘어서 자기 농사짓기도 힘든데, 목사 텃밭까지 가꾸는 것은 도리가 아니다.

지켜본 일 중에 농사만큼 힘든 일이 없다. 이렇게 힘든 농사를 지어 크게 돈 번 사람이 없다. 농촌에서 돈 버는 곳은 딱 2곳이다. 첫 번째는 농협. 농사지어 돈 벌어 농협에 이자 갚기에 급급하다. 농기구 산다고, 종자 산다고, 농약 산다고, 농협 대출금만 늘어간다. 일은 죽어라 하는데, 돈은 농협이 가져간다. 두 번째는 병원이다. 평생 농사지은 사람치고 몸이 성한 이가 없다. 손목, 등, 허리, 무릎. 망가지지 않은 이가 없다. 일을 할수록 몸은 망가지고, 치료비는 계속 늘어난다.

시장에서 사 먹는 채소 한 봉지. 2-3천 원의 가격이 농부의 고됨을 얼마나 보상할 수 있겠는가. 도리어 빚만 늘어가는 것을. 그러고 보면 사 먹는게 싸다는 말이 이해된다. 농부는 온몸을 갈아서 농사를 짓는다.

고것 쪼끔 일했다고 근육통을 동반한 몸살로 고생 중이다. 농사도 해본 사람이 하는 법이다. 그래도 이렇게 하다 보면 농사짓는 이의 마음이라도 알아 가지 않을까 싶다.

살다 보면
알게 될 거야

봄과 인생

반갑지 않은 봄이 어디 있겠는가?
빛나지 않는 꽃이 어디 있겠는가?
저마다 창조주의 뜻이 있나니.

아름답지 않은 인생이 어디 있겠는가?
귀하지 않은 사람이 어디 있겠는가?
저마다 살아가는 이유가 있나니.

시골 생활

옹기종기

올망졸망

도란도란

두런두런

오손도손

알콩달콩

따뜻한 햇볕 아래 마음을 나눈다.

이방인

봄이 되니 여기저기서 두릅이 올라온다. 두릅 철, 고사리 철만 되면 마을에 이방인들이 많이 보인다. 뒷산에도 보아하니 이방인들이 훑고 간 듯하다. 두릅이 자라고 있던 자리에는 앙상한 가지만 놓여 있다.

봄을 맞아 나들이를 온 이들이 꼭 손에 무엇인가를 쥐고 가려고 한다. 곳곳에 설치된 현수막에는 '임산물을 함부로 채취하지 말라'고 적혀 있지만, 어느 하나 관심을 가지는 이가 없다. 두릅이고 고사리고 다 주인이 있는데 깊게 생각하지 않는 듯하다.

'사실은……. 도둑질인데……'.

농촌에는 임산물을 채취해서 생계를 이어 가시는 분들이 많다. 그런 면에서 이방인의 채취(採取)는 어떤 이의 생계를 힘들게 하는 참으로 못된 짓이 되기도 한다. 그러니 경각심을 가지고 조심해야 한다. 안타까운 일이지만 요즘 농촌에는 정(情)이라는 것을 찾아보기 힘들다. 그래서일지는 몰라도 이방인을 경계하는 눈빛이 매섭다. 이방인은 도둑놈이 되어서는 안 된다. 이방인은 이방인으로 돌아가야 한다.

'The strangers are coming'
이방인이 몰려오고 있다.

황금 카네이션

매년 어버이 주일이 되면 성도님들의 눈을 맞추며 일일이 카네이션을 나눠 드린다. "감사합니다. 사랑합니다."라는 말과 함께. 카네이션이 중요한 것이 아니라 꽃과 함께 전해지는 마음이 중요하다.

장례를 치를 때면 자녀들이 부모를 보내는 섭섭함에 시신 아래 한지로 만든 꽃을 깔아 두곤 한다. 이제는 꽃길만 가시라는 마음이리라. 우리 성도님들을 위해 꽃길은 깔아 주지 못하더라도 일 년에 한 번쯤은 꽃 한 송

이 선물하고 싶었다. 보통은 빨간 혹은 분홍 카네이션을 드리지만, 올해는 황금 카네이션을 나눠 드렸다. 이제는 나이 들고 병들어 인생의 전성기는 지났지만, "주님과 함께하는 오늘이 우리의 황금기"라는 고백으로 황금 카네이션으로 선택했다.

"예배 마치고 황금꽃 판다고 금은방 가시면 안 됩니다. 가짜입니다. 제가 심방할 때 집에 꽃이 있는지 없는지 확인할 겁니다. 꼭 가지고 계세요!"
성도님들이 웃으신다. 올해는 내 생전에 황금꽃을 받았다고 좋아하신다. 그러고 보면 웃으며 사는 것은 별것이 아닌 것이다.

진정한 가치는 말하지 않아도 빛나는 것. 평생을 시골 농부, 시골 아낙네로 살아온 성도들의 삶이야말로 진정으로 빛나는 황금의 삶 아니었겠는가. 이들의 노년의 삶이 여전히 빛나기를 소망한다.

그러니 그것으로 충분하다

가끔씩 악몽을 꿀 때가 있다. 4년 전 분쟁으로 교회가 없어질 위기에서 이곳에 부임하고 드렸던 첫 예배의 순간이 나에겐 악몽이다.

서늘하다 못해 차가웠던 성도들의 얼굴.
예배당 안에 가득했던 냉소와 불신의 공기.
서로를 향한 비난과 질책의 눈빛.

이 모든 것을 온몸으로 받아 내야 했던 성도들과의 눈 맞춤. 나에게 있어서 이곳에서의 첫 예배는 처형을 앞둔 단두대와 같이 느껴졌다. 돌아갈 수도 그렇다고 피할 수도 없는. 외나무다리 위에서 내가 할 수 있는 것은 그저 마주하고 앞으로 나아가는 것이었다.

시간이 지난 지금, 변한 것은 없어 보인다. 변한 것이라곤 돌아가서서 보이는 빈자리들. 그러나 눈에 보이는 것이 전부는 아니다.

내색하지 않지만, 예배를 마치고 집으로 돌아가는 농사일로 까칠한 성도들의 손을 만질 때면 나를 향한 마음의 온기를 느낀다. 표현하지 않지만 나를 향한 성도들의 눈빛에서 작은 신뢰의 파편을 발견한다. 그러니 그것으로 충분하다.

손에서 손으로 전해지는 선물은 없어도 마음에서 마음으로 전해지는 마음이 있어서 버거운 농촌목회의 오늘이 나쁘지 않다.

지난 주일, 한 성도님께서 강대상 위에 선물을 놓고 가셨다. 아마도 스승의 날을 기억하고 주신 선물이었으리라. 적게는 부모님 또래의 어른들, 많게는 나보다 반백 년을 더 사신 성도들을 섬겨 가면서 스스로를 스승이라 생각해 본 적은 단 한 번도 없다.

대단한 은사가 있는 것도 아니고 그렇다고 성도의 마음을 설교로써 뜨겁게 하는 대단한 설교자도 아니다. 대단한 것을 가르쳐 주는 선생도 아니다. 어느 하나 내세울 것도 없는 너무나 부족한 사람. 너무나 연소한, 너무나 연약한 목회자. 그게 이곳에 서 있는 나다.

그저 목사의 직임을 감당하면서 때로는 아들처럼, 때로는 사회복지사처럼, 때로는 간호사처럼 이런저런 모습들로 살아왔다. 그러나 스승은 아니었다. 그렇기에 스승의 날, 이 모든 것이 과분하다. 내 것이 아닌 남의 것이다.

'말씀으로 먹여 주셔서 영의 양식이 되게 하시고 기도로 밀어 주셔서 감사합니다.' 스승이 되라는 요청이다. 이제는 영의 양식을 준비하라고. 이제는 기도로 밀어 달라고. 이제는 감사하게 해 달라고.

시골의 사랑은 현금이 아니라 현물인데. 고장 난 몸으로 작은 땅뙈기에 농사지으며 노인 일자리로 생계를 이어 가는 어려운 형편을 알기에 적은 금액이라 할지라도 목사를 향한 그 마음이 도리어 죄송할 뿐이다.

　나는 말하고 싶다. 첫 예배, 그때만 아니면 된다고. 오늘의 마음, 오늘의 온기, 오늘의 눈빛, 오늘의 일상. 그러니 그것으로 충분하다.

제자리

전화가 왔다. "목사님. 코로나 걸리셨다면서요? 몸은 괜찮아요?"

내가 코로나에 걸렸다고 소문이 났다고 한다.

"나도 모르는 코로나를 다른 분들이 어떻게 아신 데요?

그렇게 소문이 났는데 저를 걱정해서 연락해 주신 분은 목사님이 처음 이네요. 너무 감사드려요~"

남 일은 늘 그렇다. 쉽게 말하고 쉽게 전해지고. 쉽게 나타나는 것들은 쉽게 사라진다. 금세 피어났다 금세 사라지는 죽은 말들이 세상에 넘쳐 난다. 죽은 말들은 흔적을 남긴다. 부정적인 흔적일 때가 대부분이다.

나는 타인의 말들, 사람들의 시선 이런 것들을 크게 신경 쓰지 않는다. 전혀 영향이 없는 것은 아니지만 적어도 나에게 머무는 시간이 짧다. 남이 말한다고 해서 꼭 옳은 것도 아니고, 내 뜻대로 산다 해서 다 틀린 것도 아니다. 도리어 타인의 기대와 바람을 좇아 살았을 때 후회가 더욱 컸다. 그러니 내가 할 수 있을 만큼 감당하며 살면 그만이다.

질병도 그렇다. 코로나든 혹은 중병이든 아프면 어차피 내가 감당하는 것이다. 남이 짊어지고 가지 못한다.

326

말은 말로서 지나가는 것. 그러니 지나가는 것들은 지나가도록 놓아두어야 한다. 그러다 보면 죽은 말들도 제자리를 찾아간다.

때론 아니 땐 굴뚝에 연기 피어오르고, 불이 나서 홀라당 다 타 버릴 때도 있지만 그렇다고 살아온 전부를 부정하거나 앞으로 살아갈 삶 전체를 흔들 수는 없는 것이다.

사람을 세우고, 사람을 살리고, 사람을 도우며 살고자 살아 있는 말을 하기에도 버겁고 부족한 삶이다.

죽은 말들이 공기 중에 떠다닐 때는 그저 나 역시도 죽은 말들을 만들고 있지는 않았는지 자신을 돌아볼 일이다.

송화가루로 온 세상이 노랗더니 조금 지나니 눈앞이 맑아졌다. 가만히 두면 맑아지는 것들이 있다.

당귀꽃

몇 해 전. 당귀를 좋아하시는 아버지를 위해 심었는데 매년 당귀꽃이 핀다.

당귀(當歸). 마땅히 돌아온다는 뜻이다. 옛날 중국에서 아내가 전쟁터에 나간 남편의 품에 당귀를 지니게 하여 집으로 무사히 돌아오기를 기원했다 한다. 남편이 전쟁터에서 기력이 다해 죽게 되었을 때, 당귀를 달여 먹으면 다시 기운이 회복되어 돌아올 수 있다고 믿었기 때문이다.

며칠 전 서울 4호선 지하철역에서 수녀님과 한 사람의 작별을 보았다. 아마도 수녀님이 남자를 배웅하는 것 같았다. 남자는 허름한 옷차림에 꾀죄죄한 행색을 하고 있었고, 수녀님께 인사를 하고 지하철에 몸을 실었다. 수녀님은 전철에 오르는 남자를 흔들림 없이 바라보았다. 환한 미소와 함께. 진실한 미소는 눈으로 드러나는 법. 비록 마스크를 쓰고 있었지만, 모습에서 정성이 스며 나왔다.

그 모습이 얼마나 아름답던지. 가던 길을 멈추고 이 모습을 지켜보았다. 큰 울림은 이내 나를 공명시켰다. 수녀님은 지하철이 떠난 후에도 잠시 동안 그 자리에 서서 여전히 따듯한 미소를 보내고 계셨다. 분명 남자는 떠났는데 수녀님은 떠나지 않은 것처럼, 사라지지 않은 것처럼 웃어 주셨다.

328

어떤 마음이었을까?

어떤 바람이었을까?

어떤 축복이었을까?

어떤 기도였을까?

당귀의 꽃말은 다시 만남, 초대, 모정 즉 어머니의 사랑이다. 수녀님의
여전한 미소는 남자에게 초대장이 되어 다음의 만남을 기약하고 있었다.
어쩌면 떠나는 이의 손에 당귀꽃 한 송이 쥐여 주었을는지도 모를 일이다.
수녀님의 미소에서 강한 확신을 보았다. 우리는 다시 만날 수 있다고.
그러니 나는 이곳에 여전히 서 있겠노라고. 당신을 위해 한결같은 미소로
환대하겠노라고. 작별의 미소는 마중이 되어 그 자리를 빛내고 있었다.

삶을 살아 내면서 많은 사람들을 떠나보냈다. 자의든 타의든 스치고 지나친 많은 사람들. 때로는 좋은 모습으로, 때로는 좋지 않은 모습으로 떠나가는 이들의 뒷모습을 보아야 했다. 대부분 그 뒷모습을 오래 지켜보지 못했다. 생채기가 되어 아픔으로 다가왔기에.

이제는 떠나가는 이들에게 여전한 눈웃음으로 축복하자. 이제는 자기 자리를 찾아가는 이들에게 환한 미소로 배웅하자. 그러나 다시 만날 것을 기약하며 떠나는 이에게 당귀꽃 한 송이를 선물하자. 지치고, 치열한 세상살이. 당귀 한 잎 달여 먹고 다시 돌아올 수 있으리라.

다시 만날 것을 기약하며, 다시 만날 것을 초대하며 부르는 너의 이름. 작별의 자리에 서서 마중의 미소로 너를 기다린다.

살다 보면
알게 될 거야

추자

어른들과 함께 살다 보면 어릴 적 할머니가 쓰던 말들이 많이 생각난다. 나도 모르게 사투리를 사용하게 된다. 그러다 보면 내가 쓰는 말이 표준어인지 사투리인지 구분하기가 쉽지 않다. 그래서 가끔 도시인들과 통화를 하다 보면 내 말을 들으며 상대방이 자주 웃곤 한다. 시골 억양과 시골 단어들을 사용하기 때문이다. 습관처럼 말에 "아따"가 붙지 않으면 아직 시골에 적응하지 못한 것이다.

전에 집사님 댁에 '추자를 심으셨다'고 말하는데 정말 오랜만에 듣는 말이었다. 추자. '호두'를 말한다. 나는 바로 알아들었지만, 아내는 알아듣는 척을 했을 뿐 추자가 무엇인지 알 수 없었단다.

'나락 티백이를 솔찬히 개려야 한다.'
'구뎅이 가생이가 가차 우니 조심혀.'
'정지에서 저범 좀 가져오니라.'
'내 말이 기냐? 안 기냐?'

가끔씩은 제2외국어를 배우는 맘으로 들어야 할 때도 있다. 분명 같은 대상인데 표준어와 사투리의 느낌이 많이 다르다.

따뜻한 것보다는 따순 것이 더 따뜻하게, 넘어지는 것보다 자빠지는 것이 더 아프게, 작은 것보다는 째깐한 것이 더 작게 느껴지며, 아무렇지 않은 것보다 암시랑토 안 해야 맘이 놓인다. 꽤 많은 것보다는 솔찬해야, 엄청 많은 것보다는 허천나야 더 많게 느껴지고, 묶는 것보다는 쩜매야 더 단단하게, 빨리보다는 후딱해야 더 빠르게 느껴진다. 동치미보다는 싱건지가 더 시원하고 솔, 부추보다는 정구지가 더 맛있게 느껴진다. 할머니들의 옛말이, 사투리가 맘이 가는 이유다.

나무를 보니 추자가 많이 열려서 하는 말이다.

살다 보면
알게 될 거야

선을 향한 투쟁

장날을 맞아 읍에 나가 보니 꽃집 문에 문구 하나가 붙어 있다.

'전쟁은 그만, 푸틴.'

무관심, 방관, 외면 그리고 무책임. 요즘은 나와 타인과의 경계가 명확한 시대이다. 잘못된 일은 아닐 것이다. 문제는 경계선을 그으며 살아가는 그리스도인들이다. 그리스도인과 세상이, 그리스도인과 사람이 분리되어 타인이 된다. 소외되고 아픈 자. 고통당하는 자. 도움이 필요한 자에게 남의 일이라고 방관하지만, 실상은 무책임한 것은 아닐까.

안디옥교회를 향해 최초의 그리스도인이라 일컬었던 것은 그들의 그윽하고 일관적인 시선이 세상 속에 신음하고 있는 약자들을 향하고 있었기 때문이리라. 그리스도인의 자리는 타인이 명확히 그어 놓은 경계선을 희미하게 지워 가는 사람들이다. 영의 양식을 공급하고, 혼의 양식을 제공하며, 육의 양식을 나누어 더불어 서가는 사람들이다.

우리도 지난 시대, 큰 전쟁의 상처를 겪었다. 전쟁의 포화 속에서 타인의 희생과 헌신, 인간애를 향한 사명감, 방관하지 않은 시대정신으로 생존해 있는 나라다. 이들은 어디에 있는지도 모르는 나라, 이름도 모르는 나라로 건너왔다. 죽음의 경계를 넘어 이 나라에 왔다.

　국가의 이익이 우선시되는 시대에 살고 있다. 대한민국 국민으로서 옳은 일일 것이다. 그렇다면 그리스도인으로서 우리는 무엇을 우선시하고 있는가.

　어디 있는지도 모르는 시골에서 별 볼 일 없는 작은 꽃집에서 나름의 선을 향한 투쟁을 하고 있다. 아무도 거들떠보지 않는 문구 하나. 그 속에서 타인을 넘어, 나라를 넘어 경계를 넘어가고자 하는 간절한 몸부림이 느껴진다.

　죽는 날까지 하늘을 우러러 한 점 부끄러움이 없기를 잎새에 이는 바람에도 나는 괴로워했다는 윤동주 시인의 고백. 오늘은 바람이 많이 느껴진다. 잎새가 바람에 흔들거린다.

살다 보면
알게 될 거야

7월의 눈보라

며칠 전 동기 목사님에게 전화가 왔다. 뵌 지도 10년쯤 되었을까. 나와 그렇다 할 친분이 있는 것도 아니어서 전화를 잘못하셨나 싶었다. 전화한 용건은 결국 돈이었다. '내일 줄 테니 150만 원만 빌려 달라'는 내용이었다.

"목사님 제가 사례비가 얼마 되지 않아서 몇 달을 모아도 그 돈을 마련할 수 없어요…."

"목사님 대유교회 담임 아니에요?"

"대유교회 담임목사 맞습니다."

"담임목사가 그것밖에 못 받아요? 저보다 적게 받네! 그것 가지고 어떻게 살아요?"

"그러게요. 못 살 줄 알았는데 살아지네요! 제가 도움이 되지 못할 것 같아요. 죄송합니다."

별다른 말도 없이 전화가 끊겼다.

통화 후에 잠시지만 마음의 평화가 깨졌다. 바깥 날씨는 7월을 앞둔 여름인데, 마음속에는 거센 눈보라가 불었다. 쌀통에 쌀을 붓는다는 것이 설탕을 부었다. 전화 때문에 화가 나는 건지, 쌀통 때문에 화가 나는 건지 이유가 참으로 모호하다.

"허허… 생각보다 데미지가 크다."

하긴… 생각해 보면 그렇게 놀랄 일도 아니다. 처음 시골에 왔을 때, 선심 쓰는 척 접근해서 물건을 팔려는 성도들이 많았다. 다단계 마케팅을 하는 분이었다. 원래도 관심도 없고 앞으로도 관심이 없겠지만 목사라서 그랬을까. 아니면 나라는 사람을 우습게 봤을까. 어쩌면 이 사람에게는 그래도 된다고 생각했을지도 모르겠다. 어떻게 해서든 자신의 이익을 위해 상대방은 안중에도 없는 사람이었다. 그저 웃어넘겼지만, 나에게는 큰 폭력으로 다가왔다.

이런 일들에 마음을 빼앗겨서는 안 된다. 그렇지 않아도 마음 쓸 일들이 지천으로 널려 있다. 이런 감정에 틈을 주어서는 안 된다. 마치 지나가는 돌풍인 것처럼 흘려보내야 한다. 그렇지 않으면 돌풍은 태풍이 되어 모든 것을 넘어뜨린다. 뿌리째 뽑힐 때도 있다. 그러니 지나가게 두어야 한다.

7월, 이 더운 날의 눈 폭풍이 심히 거세다.

선 넘으면

밭을 보면 그 사람의 성격이 나온다. 풀 한 포기 없는 깔끔한 밭이 있는가 하면 대충대충 설렁설렁 가꾸는 밭도 있다. 그런가 하면 사진처럼 군사 시설을 방불케 하는 밭도 있다.

이 밭을 넘어가기라도 하면 발포할 것 같은 두려움을 느낀다. 멧돼지와 같은 동물을 막기 위한 시설은 아닌 것 같고, 사람을 막기 위해 설치한 것 같다. 몇 평 되지도 않는데 어마어마한 것이 숨겨져 있는 듯하다.

조심하고 경계하라. 선 넘으면 전쟁이다.

사명

빛을 머금고 사는 것들은 왜 이리도 예쁜 건지.
그러니 나를 붙잡고 있던 걱정일랑 던져두고
빛으로 가득 찬 얼굴로 오늘을 마주하자.

나에게 뿌려진 하늘빛을 잔뜩 머금고
오늘만큼은 빛나도록 하자.
아낌없이 반짝여야 할 사명이 나에게 있으니.

덩그러니

추적추적. 아침부터 비가 내렸다. 길가 감나무 아래에 땡감 하나 덩그러니 떨어져 있다.

덩그러니 : 텅 빈 곳에 혼자서 쓸쓸하게.

떨어져 비 맞는 땡감을 보니 아프신 어르신들이 생각났다. 혹시나 집에서 덩그러니 계시지 않을까. 몸 아픈 것도 서러운데 마음은 쓸쓸하지 않으실까 하여 우산을 들고 비를 맞으며 마을 이곳저곳을 돌아보았다.

코로나에 확진된 성도들 찾아 대문 밖에서 큰 소리로 안부를 전했다. 그러다 멀리서나마 얼굴을 마주 보고 휴대폰으로 대화를 이어 간다. 다행히 잘 견디고 계신다.

밭에서 넘어지신 집사님은 뼈에 이상은 없지만, 타박으로 인해 걷기가 힘들다. 넘어진 상황을 들어보니 크게 다칠 수도 있었지만, 이만한 것이 참으로 감사하다. 그래도 엉덩이 쪽에 통증이 심하시다.

마을을 걷다가 길에서 권사님을 만나 한동안 이야기를 나누었다. 농사 이야기, 날씨 이야기, 동네 이야기, 자식 이야기, 교회 이야기, 올겨울에 수술할 무릎 이야기 꼬리에 꼬리는 무는 주제들.

　권사님이 이렇게 비 맞지 말고 집에
가자고 하시는데 바로 가 봐야 한다고
거절했다. 집에 가면 기본 한 시간이기
때문이다. 그리고는 길에 서서 20분이
넘도록 이야기했다.

　권사님과 헤어지고 돌아오다가 밖에
나와 처마 아래에서 일하시던 집사님을 만나 한동안 이야기를 했다. 역
시나 20분이 넘었다.

　마을이 쬐깐해서 3분도 걸리지 않는 거리인데 오늘따라 집에 가는 길
이 참으로 멀기만 하다. 그러나 오늘은 멀어도 좋다.

　남편이나 아내를 하늘나라에 보내 놓고, 자녀들은 도시에 떠나보내고
홀로 시골집을 지키고 있는 노인들에게서 애처로움을 느낀다. 말 그대로
'덩그러니'의 모습이다.

　이 땅에 발을 딛고 살아가는 모두가 경험하는 인생의 사계절. 봄, 여름,
가을, 겨울. 소년, 청년, 장년, 노년. 필연히 마주하게 될 인생의 겨울, 그
찬란한 마지막 계절, 노년의 풍경이 '덩그러니'로 남아서는 안 될 것이다.

　쓸쓸함을 감내하며 홀로 살아가는 어르신들의 오늘이 소외됨으로 기
억되지 않기를. 초라함으로 느껴지지 않기를. 텅 빈 외로움 속에서 눈물
흘리지 않기를. 나는 소망한다.

문제투성이

논마다 벼가 열매를 맺고 알알이 잘 자라고 있다. 그럼에도 성도님들과 이야기를 나누다 보면 근심하는 마음이 느껴진다.

작년까지는 정부에서 수매하여 쌀을 섭섭지 않게 팔았는데, 올해는 수매하지 않는다는 이야기가 있어서 노심초사하고 계신다. 요즘 쌀 소비가 많지 않을뿐더러 이미 나랏미 비축분이 충분하기에 정부에서 쌀을 수매하지 않는 모양새다.

올해는 벼가 영양이 좋아 예년보다 잘 자라서 좋았는데, 얼마 전 폭우가 내리는 바람에 벼가 대부분 쓰러졌다고 한다. '벼는 넘어지면 말짱 도루묵인데…' 결과적으로 도리어 웃자란 것이 해가 되었다. 이놈의 농사는 잘되어도 문제, 안되어도 문제다.

매년 농사에 들어가는 종잣값, 농약값, 인건비 등등 생각해 보면 농사하면 할수록 적자인지라 농사를 때려치우고 싶어도 배운 것이 이것뿐이라 안 할 수 없고, 무엇보다 눈앞에 빈 땅이 보이니 마음이 답답하여 뭐라도 해야 하는 것이다. 이놈의 농사는 해도 문제, 안 해도 문제다.

여기저기 문제투성이. 이곳 시골에서는 답이 없는 문제를 붙들고 평생을 살아가고 있다.

추석 풍경

명절이 되니 교회를 찾아오는 사람이 많이 늘었다. 찾아오시는 분들은 크게 두 부류이다.

첫 번째는 교회 화장실을 이용하는 분들이다. 평소에도 마을에 장례 예식(하관)이 진행되거나 산소의 벌초 작업 시에 혹은 공사가 있을 때 화장실을 이용하기 위해 사람들이 교회를 찾는다. 그래서 항상 화장실은 개방하여 놓는다.

명절에는 워낙 많은 사람이 마을을 방문하기에 집에 있는 화장실로는 감당할 수가 없다. 그래서 교회 화장실을 찾는 사람이 많은데 교회를 둘러보다가 서로 마주칠 때면 서로가 민망하다. 이들의 방문이 불편하지 않도록 최대한 눈에 띄지 않으려 노력한다.

두 번째는 예배당을 찾는 사람들이다. 오래전 우리 마을은 마을 전체가 예수를 믿는 시골에서 흔하지 않은 그런 마을이었다. 한때 80명이 넘었던 교회학교 아이들이 장성하여 고향을 떠나 도시로 나갔고 명절을 맞아 고향을 찾은 것이다.

고향에 대한 향수일까?

과거에 대한 아쉬움일까?

교회에 대한 그리움일까?

예배당에 한동안 앉아 계시는 분, 혹은 기도하시는 분 혹은 조용히 성
경을 읽는 분. 몇몇 분들이 교회를 찾는다.

화장실이 되었든, 예배당이 되었든, 이유가 무엇이든 신앙의 고향을 찾
는 모두가 참으로 소중하다.

살다 보면
알게 될 거야

추석 유감

1년 전 은퇴 장로님께서 하나님의 부름을 받았다. 나이에 비해 강건하
셨지만 갑작스러운 이별에 가족들뿐 아니라 성도들에게도 큰 충격이 되
었다.

아내 권사님께서 1주기 추도예배를 부탁하셨다. 예배 시간은 추석 명
절 당일 오후 4:30. 생각해 보건데 딸들이 시댁에 갔다가 도착하는 시간
으로 정하신 것 같았다. 명절 당일이기에 시간이 불편했지만, 권사님과
자녀들, 가족들을 품는 마음으로 허락했다.

가족들만 드리는 추도예배인 줄 알았는데 큰집, 작은집 식구들, 원로,
은퇴, 시무장로님들 그리고 형편 되는 교회 성도들을 모으셨다. 족히 계
산해 보아도 30명이 넘는 인원이었다. 좁은 집에 이 많은 인원이 들어갈
수 있을까도 걱정이었다.

평소 남편을 끔찍이 사랑하시던 마음을 알기에 명절을 반납하다시피
하고 장로님을 추억할 수 있도록 함께했던 사진들을 순서지로 만들고 추
도예배 설교를 준비했다. 그렇게 마음을 쏟을 수 있었던 것은 나에게도
장로님의 부재가 큰 아쉬움으로 남아 있기 때문이다.

장로님은 교회 분쟁의 한 원인이기도 하셨지만, 반면 그만큼 교회를 사랑하신 분이기도 하셨다. 분쟁을 수습하는 과정 속에서 다투기도 많이 하였지만, 마음에 있는 이야기들을 나누기도 자주 하였다.

그래서일까. 장례 후 1년 동안 장로님의 꿈을 여러 번 꾸었다. 3-4차례 꾼 것 같다.

얼마 전에도 장로님과 꿈에서 만났다. 꿈의 다른 내용들은 잘 기억나지 않지만, 마지막 한마디가 마음을 울렸다. "목사님과 함께 새벽하늘의 별을 보고 싶었습니다." 그 한마디가 어찌나 슬프던지. 꿈속에서 너무나 처절하게 가슴을 치며 눈물을 흘렸던 기억이 있다. 꿈에서 깨었는데도 현실에서 운 것처럼 한동안 가슴이 먹먹했다.

명절 당일이 되었다. 권사님에게 전화가 왔다. 아침 일찍, 친지, 가족들이 모여 가족예배를 드리기 직전이었다. "목사님. 예배를 못 드릴 것 같아요. 제가 코로나에 걸렸어요."

세상일이 마음처럼 되지 않는다 하지만 하필이면 오늘 같은 일일까. 추도예배를 통해서라도 조금이나마 힘을 얻으셨으면 하는 마음으로 준비하였다. 어쩌면 1주기를 생각하면서 버티셨을 권사님의 슬픔과 아픔을 생각하니 마음이 저려 왔다.

"권사님. 너무 서운해하지 마시고 격리 해제되시면 성도님들과 함께 드리시게요."

마음을 담아 위로를 전한다고 했지만 섭섭함으로 눈물 흘리시는 권사님을 위로할 방법이 없었다. 하필이면 오늘일까.

　참! 세상일이 맘처럼 되지 않는다.

오디청

여름에 가득 따다가 담가 놓은 오디청을 걸렀다. 18리터 석수 통에 가득 담았으니 양이 제법 많다. 체에 한 번 거르고 병에 담으려다가 먹는 사람이 오디 씨가 거슬릴 것 같아 더 고운 채로 다시 걸렀다. 음식이든 목양이든 고생하며 귀찮은 일을 하는 사람이 있어야 다른 사람들은 온전히 누릴 수 있다. 쉽게 하려고 맘먹고, 편하게 하려고 맘먹으면 누군가는 꼭!!! 속상한 일이 생긴다.

한 번 신경 쓰면 편안해지고, 두 번 신경 쓰면 예뻐지고, 세 번 신경 쓰면 아름다워진다. 아름다움은 디테일 속에 숨어 있다. 그렇기에 여러 번 살펴보아 세밀한 비밀을 찾아가야 한다.

사실, 맛이 좋으면 다른 부분들이 부족해도 용서가 된다. 맛을 보장할 수 없으니 정성이라도 들이는 것이다.

시골목회 4년 차. 10월이면 5년 차가 된다. 목양은 늘 제자리 같은데 '청' 만드는 실력만 늘어간다. 지역에 있는 목사님께 이런 말씀을 드렸더니 본인은 시골목회가 10년인데 목양은커녕 '청'도 못 담근다고. 본인은 잘하는 것도 없는데 '이 목사'는 청도 잘 담근다고. 본인보다 낫다고 격려해 주셨다.

왜 잘하는 것이 없겠는가. 시골목회 10년이면 그것이 훈장이지. 겉으로는 평안한 시골목회. 그러나 매년마다 여러 명의 목회자가 쫓겨나고, 갈아지는 현실 속에서 10년을 한결같이 살아 내는 오늘이 능력의 증거가 된다. 그러니 버티는 것이 실력이고 능력이다.

시골에서 손님이 찾아오면 빈손으로 보내지 않는다. 형편이 어렵다고 마음마저 박하지 않다. 작은 것 하나라도 주고 싶은 마음. 맛은 보장할 수 없는 '귀목사 오디청'. 시골교회를 찾아오는 이들에게 선물로 드릴 작정이다.

행복

우리 마을 주변에는 멋진 풍경들이 곳곳에 놓여 있다. 그 앞에는 어김 없이 캠핑객들이 자리를 차지하고 있다. 가족, 연인 혹은 홀로. 집사님이 지나가시다가 그 모습을 보시고서는 한마디 하신다.

"캬! 팔자 좋다!!! 나도 저렇게 맘 편히 살았으면 좋겠다."

온전히 맘 편한 사람이 있을까? 진짜 팔자가 좋은지 진짜 맘이 편한지 는 알 수 없다. 멀리서 보면 다 편해 보이고, 남의 시선으로 보면 다 좋아 보인다. 나만 아닐 뿐 모두가 행복해 보인다. 그러나 가까이서 보면 멀리 서 보던 것과는 달리 비극을 넘어 참극일 때가 있다.

한 발자국 앞으로 다가서면 끊이지 않는 한숨 소리, 시름으로 번민하는 신음 소리를 들을 때가 있다. 그가 어떤 일로 답답해하며 어떤 사람과 씨 름하며 살아왔는지. 감히 상상도 못 할 스트레스를 감내하며 버티어 냈 을 일상의 고됨을 멀리 서서 남으로 구경하는 우리로서는 가늠할 뿐 그 속을 알 수 없다. 그가 어떤 마음으로 강물을 마주하고 있을지. 기쁨인지, 편안함인지, 후회인지, 아쉬움인지 혹은 홀가분함인지. 뒷모습을 마주하 는 우리는 추측할 뿐 얼굴 표정을 볼 수 없다.

다만, 그는 혼자만의 시간을 선택하여 흘러가는 강물에 본인의 시름, 앞으로는 마주하고 싶지 않은 과거의 찌꺼기를 흘려보내 다시 살아갈 기대를 만들어 가고 살아 낼 이유를 찾아가고 있을 뿐이다.

안타까운 것은 오늘을 살아가는 우리의 태도이다. 고민과 번민으로 살아야 일을 하는 것처럼, 많은 일을 붙들고 살아야 잘 사는 것처럼 일로써 자기의 존재를 증명하려는 모습이다. 비우고 놓으면 모든 것이 사라질 것처럼 지나치게 자신을 소진하며 사는 모습이다. 다들 이렇게 살아간다고 말하며, 죽기 전날까지 경운기를 몰고, 밭으로 향하는 시골의 일상은 근면으로 덧칠된 학대의 전형이다.

우리 주변에 아름다운 풍경이 보물로 주어진 이곳에서 왜 타인을 부러워하며 살아가고 있는지. 얼마든지 나름의 행복을 누리며 맘 편히 살아갈 수 있음에도 삶의 고됨과 시름을 안고 살아가고 있는지. 마치 오늘날 주어진 행복이 타인만을 위한 것처럼 바라만 보고 있는 형편이 슬플 뿐이다.

이제는 멀리서 바라보며 부러워할 것이 아니라 선택하고 가까이 나아가 부러운 대로 실천하며 살면 될 일이다. 남의 행복을 평가할 일이 아니라 나의 행복을 누리며 살면 될 일이다. 바라만 보고 있으면 그 자리. 그 모습일 수밖에 없다. 행복은 그저 오지 않는다.

6년근 미소

권사님이 수삼 4뿌리를 가져오셨다. 이번에 인삼 수확을 했는데 예상보다 크고 좋은 인삼이 많이 나왔다.

인삼은 최소 4년 동안 재배한다. 3년근은 너무 작고, 4년근은 되어야 상품성이 있다고 한다. 어떤 이들은 5년 동안 재배하기도 하고 드물기는 하지만 6년 동안 재배하기도 한다. 6년근으로 갈수록 인삼이 크고 비싸기 때문이다.

그럼 당연히 6년근으로 재배해야 하는가? 6년근이 비싸다고 마냥 6년 동안 재배할 수도 없다. 매년 들어가는 농약값에 인건비들을 생각해 보면 마냥 6년 동안 재배할 수도 없다.

보이지 않는 땅속의 일을 사람이 어찌 알 수 있으랴. 특히 인삼은 습기에 취약하여 잘 썩기 때문에 5년 동안 잘 재배해도 6년째 어찌 될지 장담할 수가 없다. 그러니 차라리 4년째 수확하는 게 맘이 편하다.

4년에서 5년을 결정할 때면, 5년에서 6년을 결정할 때면 카지노에서 베팅하듯이 결정할 수밖에 없다. 늘 말하지만, 농사는 도박에 가깝다.

이번에 가져오신 인삼은 6년근 같아 보였다. 그 크기가 예사롭지 않다.

하나 크기가 주먹만 하다. 권사님의 얼굴에 기쁨이 가득했다.

그도 그럴 것이 2년 전, 마을에 큰 홍수가 있었다. 그때 마을 대부분의 농경지가 침수되었다. 권사님의 인삼밭도 일부 침수되었다. 당시 4년 동안 키운 인삼이 다 썩어 버렸다. 4년의 고생이 한순간 사라진 순간이었다. 다 포기하고, 나머지를 캐려고 마음먹었다가 어차피 이렇게 된 것, 남은 인삼을 2년 더 키웠다.

큰 기대도 없었지만 그렇다고 소홀히 하지도 않았다. 농부에게 받은 자식이고, 운명이다. 완성해야 할 사명이다. 막상 인삼을 캐고 보니 품질도 좋을뿐더러 예상보다 많은 양이 나왔다. 그러니 웃지 않을 수 있겠는가. 그러니 기뻐하지 않을 수 있겠는가.

일 년 동안 고생한 것만 보상받아도 기쁜 일인데 권사님은 6년 동안의 고생을 보상받았다. 그러니 6배의 기쁨이다.

더욱이 감사한 것은 근래 권사님 댁에 좋지 않은 일들이 많았었다. 몸이 아픈 곳도 많았고, 온 가족이 코로나19에 확진되었었다. 그러다 보니 해야 할 일도 하지 못하고 손을 놓아야 하는 일이 많았다. 말로는 '괜찮다' 하셨지만, 맘으로는 전전긍긍할 수밖에 없었다. 그 타는 마음을 어찌 알 수 있을까.

인삼을 받아서 기쁜 것이 아니라 권사님이 좋으시니, 나도 좋다. 권사님이 웃으시니 나도 웃는다. 생각해 보니 인삼을 선물로 받은 것이 아니라 권사님의 미소를 선물 받았다. 6년근 미소. 권사님께서 6년짜리 미소를 선물로 주셨다. 이 귀한 선물을 어디에서 받을 수 있을까.

농사꾼은 농사가 잘되어야 행복이고, 목사는 성도가 잘되어야 행복이다. 오늘 참 좋~다!!!

이놈의 농사

주일예배 시간 열린 창문 밖으로 분주한 경운기 소리 들릴 때마다 목사
는 성도들이 마음에 쓰인다. 성도들을 재촉하는 것 같은 시끄러운 경운
기 소리가 성도들의 마음을 조급하게 만드는 것은 아닐까 하고. 교회 밖,
가을 들녘은 이리도 바쁜데, 이 바쁜 시간에 예배를 드리며 교회에 앉아
있는 성도들을 보노라니 이들의 믿음이 참으로 대단하게 느껴진다.

가뜩이나 일이 많은 농촌. 이 수확의 계절에는 해야 하는 일들이 넘쳐
나는데 손은 더디고, 일손은 부족하고 점점 더 마음만 조급해진다.

　입버릇처럼 나오는 '죽어야 끝나는 이놈의 농사' 젊어서는 자식들 키우기 위해 농사를 지었는데 늙어서도 여전히 농사를 놓을 수 없다. 젊으나 늙으나 자식 때문에. 자식이 뭔지.

　평생 농사를 짓다가 나이가 여든을 넘어 몸 성한 곳이 없어 일하지 않으려 해도 농사짓는 아들 고생하는 것이 마음 아파 늙은 어미는 이른 새벽 아들보다 일찍 밭에 나가 손을 쉬지 않는다.

　이 가을. 들판은 점점 노랗게 변해 가고 바람은 점점 서늘해져 간다. 시골 노인의 손은 점점 무뎌져만 가고, 늙은 어미의 주름은 점점 깊어져만 간다.

숨

이른 아침.

세상이 숨을 쉰다.

임자

시선이 닿는 것은 다 가지고 싶지만, 손 닿지 않는 것은 내 것이 아니
다. 하지만 포기하지 못하는 마음은 나를 번민하게 한다. 그러니 손 닿지
않는 것은 있는 그대로 놓아주자.

늘 주인은 있었다. 꼭 내가 주인이지 않아도 좋다. 나그네를 위한 마음.
작은 아량 베풀 수 있는 용기가 있다면 무엇을 해 주지 않아도 그저 놓아
둠으로 전부를 내어 줄 수 있다. 다 임자가 있다. 다 주인이 있다.

참 못된 나라

지난 토요일. 이태원 참사 속보를 접하고 새벽까지 떨리는 마음에 잠을 이루지 못했다. 주일 오전. 종교개혁 주일로 예배를 드리는데, 설교하기 위해 강단에 서서 성도들의 얼굴을 바라보니 어떤 말도 할 수 없었다.

한없이 녹아내리는 마음. 강단에서 첫 마디.

"이런 일을 마주할 때면 저는 무슨 설교를 해야 하는지 알지를 못하겠습니다."

왈칵왈칵 쏟아지려는 눈물을 참아 내는 데 시간이 필요했다. 우리 성도님들은 목사가 진정하기까지 묵묵하게 기다려 주셨다. 견디고, 참고, 버텨서 준비한 설교를 이어 갔어야 했나 싶다. 그러고 보면 나는 좋은 설교자는 아닌 듯하다.

내가 이토록 감정을 주체할 수 없는 이유는 서울 이태원의 일만은 아니다. 우리 교회는 성도들도 몇 없는데 왜 이리 자식을 먼저 보낸 부모들이 많은지. 어렸을 때 자식을 먼저 보냈거나, 중년의 자식을 먼저 보냈거나 질병과 사고, 이런저런 일들로 부모는 자식을 가슴에 묻었다.

국가의 참사를 마주할 때마다 산골 시골 노인은 가슴에 묻은 늙지 않은

자기 자식을 마주한다. 시간이 오래 지나 조금은 무뎌질 만도 하지만 예기치 않은 참사를 마주할 때면 더욱 선명하게 자식을 떠나보내던 그때를 기억하곤 한다.

늙은 어미는 목사에게 웃으며 말한다.
"내가 오래 살아 있으니 이런 아픔을 겪나 봅니다. 이러나저러나 다 살아 있는 부모의 잘못이고 다 부모가 짊어지고 가야 하는 짐입니다."
어미가 오래 사는 게 잘못이겠는가. 먼저 떠나간 자식이 잘못이지. 부모의 잘못은 그저 자식새끼 잘되기만 바라며 열심히 산 그것밖에는 없다.

몇 해 전 자기의 가장 사랑하는 큰딸을 잃은 어미는 시간이 흘러 자기는 80을 향해 가는데 마음으로는 시간이 멈췄다고 하신다. 딸과 함께 나도 죽었기 때문이란다.

"나 같은 어미는 없어야 하는데. 나 같은 아픔은 겪지 말아야 하는데. 왜 자꾸만 이런 일이 일어나는지…. 나로만 족한 일이 왜 이리도 많이 일어나는지."

이 나라는 '참 못된 나라'라고 하신다. 눈물을 닦고 닦는데도 눈물이 마르지 않는다. 자녀와 함께 죽은 부모는 말이 없다. 그저 눈물로 말할 뿐이다.

수습에만 최선을 다하는 나라.
애도에만 최선을 다하는 나라.
참 못된 나라.
이곳 어디에도 부모를 위한 나라는 없다.

살다 보면
알게 될 거야

초면

하얀 입김도 금세 얼어 버릴 것 같은 추운 겨울의 날. 마을 중앙에 있는 회관 앞에 늙은 노인이 앉아 있었다. 멀리서 보아도 원로장로님이었다.

이곳에 앉아 있는 이유는 오로지 한 가지. 하루에 몇 대 없는 마을버스를 기다리는 것이다. 아마도 버스를 타고 면사무소에 가시기 위해 기다리시는 듯했다. 추운 날씨에 너무 힘드실 것 같아 면사무소까지 모셔다 드렸다.

운전하는 내 얼굴을 여러 번 보시더니….

"목사님 맞으시지요? 시골목회 하시느라 고생이 많으십니다!"

마치 처음 보는 사람과 같이 말씀하셨다. 예전부터 경미한 치매 증상이 있으셨는데 날씨가 추워지니 그 증상이 자주 나타나고 있다. 아마도 자신이 다니는 교회의 담임목사라고 생각하지 않으시고 옆 교회 목사라고 생각하셨나 싶다.

목적지까지 10분. 장로님과 나는 그 10분 동안 그저 남인 것처럼, 마치 처음인 것처럼 그렇게 대화를 이어 갔다. 1년 365일, 그리고 4년 동안을 매일 보던 얼굴인데, 이번 주일에도 마주한 얼굴인데 우리 장로님 기억

속에서 내 얼굴이 사라졌다.

　서로를 알아 가고, 이해하고, 용납하는 데 적지 않은 시간이 필요했는데 잊혀 가는 것은 순간이다. 큰 슬픔이 밀려왔다.

　내가 기억하고 있으니.

　내가 장로님께 시선을 두고 있으니.

　아무리 울려도 허공을 치는 공허한 메아리로 사라진다 해도 여전히 외쳐야 하는 낡은 괘종시계처럼 마지막까지 나에게 사랑의 책임이 있음을 돌아보게 한다.

　어쩌면 지금의 시간이 더 보듬어 줄 수 있는 포용의 시간으로 남아 있는 것은 아닌지. 훗날 가슴을 덜어 내는 듯한 허전함을 준비하는 이별의 시간을 연습하는 것은 아닌지. 나에게 주어진 시간의 의미를 여러 번 생각해 본다.

　예상은 하지만 막상 직면하면 버거운 일들이 곳곳마다 숨겨져 있다.

살다 보면
알게 될 거야

늦은 밤

모두가 잠든 늦은 시골의 밤.

성도님들께 드릴 크리스마스 선물을 준비하는

시골 목사와 사모의 밤.

살다 보면
알게 될 거야

최소한

좋은 사람인 척하는 것보다 좋은 사람이 되어야 하며

좋은 사람이 되는 것보다 나쁜 사람이 되지 않아야 한다.

최소한의 사람됨을 놓지 않는 것이 중요하다.

부모님과 함께 드리는 예배

북적북적. 시끌시끌.

지난 주일. 주일에 설 명절을 맞이하여 자녀들과 손주들이 부모님과 함께 고향교회에서 예배를 드렸다.

보통은 자녀들이 각기 섬기는 교회에서 찬양대원으로, 교회학교 교사로 이모저모로 섬기는 이들이 많아서 명절에 주일을 맞이해도 부모님과 함께 예배드리지 못하는 일들이 많았는데. 이번은 설 연휴 초반에 주일이 있어서 아마도 고향에서 예배드리는 자녀들이 많았던 것 같다.

주일예배를 드리면서 우리 교회가 성도들로 이렇게 가득 찼던 적이 있던가를 생각해 보니 이번 명절이 처음인 듯싶었다. 늘 한적하다 못해 썰렁했던 시골교회의 주일예배 시간이 빈 곳을 찾기 어려울 정도로 사람들의 온기와 생기로 가득 찼다.

예배를 인도하면서 우리 성도님들의 얼굴을 보니 목사의 마음도 따뜻해졌다.

자녀, 손주들과 함께 예배드리는 것이 얼마나 기쁘고 행복한 일인지.

이들 얼굴에서 환한 미소가 묻어 나왔기 때문이다. 그러고 보면 부모의 행복은 큰일이 아닐 수도 있겠다고 생각했다. 일 년에 두 번. 설과 추석에 고향으로 내려와서 부모님과 함께 예배하는 시간이 부모에게 있어서는 가장 큰 행복이기 때문이다.

나 역시도 지금껏 내가 드린 예배 중에서 부모의 자리를 인식하며 드렸던 예배는 과연 몇 번이나 있었을까? '오늘을 사는 그리스도인에게 몇 번의 예배가 남아 있을까?' 우리에게 얼마의 예배가 남아 있는지는 모를 일이지만 확실한 것은 부모와 함께할 수 있는 예배는 얼마 남아 있지 않았다는 사실이다.

나는 시골교회, 고향교회 목사로서 일 년에 두 번이든, 한 번이든 부모와 자녀가 함께 할 수 있는 기회, 부모가 예배로서 행복할 수 있는 시간을 절대 놓치지 않았으면 한다.

20년 만의 예배

젊은 나이부터 파킨슨병으로 투병하시는 은퇴 권사님께서 딸들의 부축을 받아 예배에 참석하셨다. 집에 계실 때는 자주 찾아뵈었는데, 몇 해 전 요양원에 들어가셔서 얼굴을 뵙기 어려웠다.

병으로 인하여 거동도 힘드시고 얼마 전부터는 앞도 보이지 않는다. 남편 집사님은 수술 후 치매가 생긴 이후에 아내 권사님을 때리기 시작했다. 끔찍이도 아내를 사랑하고 병든 아내를 보살피던 분이셨는데 치매는 어찌할 방도가 없다. 그래서 하는 수 없이 요양원에 모시게 되었다.

권사님은 자주 전화하셔서 기도를 부탁하셨다.

"사랑하는 남편 집사님을 위해 기도해 주세요. 저를 위해 기도해 주세요."

예배 내내 눈물을 닦으셨다. 너무 좋아서 너무 기뻐서. 시선이 닿는 곳마다 그립지 않은 곳이 없었다.

예배를 마치고 나가는 길에 성도님들은 권사님께 인사하고, 손을 만지고, 안아 주었다. 평생을 함께했지만, 발병 이후로 함께 예배드리는 것은 대략 20년 만에 일이다.

성도님들은 성도님들 대로 권사님과 함께 예배드리는 동안 오래전 함께했던 추억 속으로… 20년 전 뜨겁던 50대의 모습으로… 돌아가지 않았나 싶다.

70대, 80대가 된 성도들은 성도의 죽음 속에서 자기 죽음을 본다. 다음이 내 차례이겠거니 여기는 것이다. 마찬가지로 성도의 회복 속에서 희망을 본다. 자신의 젊은 날을 회상하며 지나온 자기 삶을 돌아다본다.

권사님은 내일 다시 요양원에 들어가신다. 다시 이곳에서 만날 수 있을까? 다시 함께 예배할 수 있을까? 딸이 밀고 가는 휠체어에서 자꾸만 뒤돌아보는 권사님이 마음에 걸려 한동안 자리를 뜨지 못하고 손을 흔들어 주었다. 여전히 이곳에서 기다리겠다는 다짐으로….

상수

상수(上壽) : 백 살 이상의 나이, 또는 그런 노인

집사님께서 올해 2월. 100번째 생일을 보내며 상수가 되셨다. 요즘 100세 인생이라지만 실제로 100세 어른을 뵈며 어떤 삶을 살아왔을까를 생각해 보게 된다.

일제 강점기에 태어나셔서 오지와 같은 이곳에 시집와서 오늘에 이르기까지 살았던 삶이 참으로 고되고 힘들었을 것이다. 결코 편하지 않은 삶이었음은 분명하다.

그래서일까. 오래전부터 치매로 인하여 지난 시간을 대부분 기억하지 못하신다.

지금은 딸네 집에 거하고 계시는데, 가끔 자기 집을 찾아올 때면 반갑게 인사를 드리지만 그럴 때마다 "나는 몰라요!" "기억이 안 나요." 하고 말씀하신다. 그럼에도 불구하고 집사님을 뵐 때면 안타까움과 아쉬움보다는 잔잔한 미소 속에서 따뜻함을 느끼곤 하였다.

처음 이곳에 부임하여 정갈히 빗은 쪽 찐 머리를 하시고 하얀 한복을 입고 예배드리셨었다. 나는 아직도 그 모습으로 집사님을 기억하고 있다.

함께 서로를 기억하고 추억하고 싶은데 우리 어른들은 기억하고 싶은 것들이 많지 않은가 보다. 아니 잊고 싶은 기억들이 더 많은가 보다. 그러니 어른들은 잊고 싶은 것은 잊으며 살고 젊은 우리가 더욱더 기억하는 것으로 위안으로 삼고 살아야 할 일이다.

서로가 서로를 기억하지 못하고 모두가 잊어버리면 너무나 슬플 것이기에. 어떠한 것도 남지 않을 것이기에.

어른

　재난지원금이 나올 때면 노인들이 면사무소를 일일이 방문할 수 없기에 면사무소의 직원들이 지역화폐로 된 재난지원금을 가지고 마을을 돌며 나누어 준다. 이때 지원금을 받지 못한 사람은 면사무소를 방문하여 받아야 한다. 재난지원금을 받기 위해 면사무소에 방문했다가 경험한 일이다.

　마을에서 재난지원금을 받으신 할머니 한 분이 면사무소를 방문했다. 이유인즉슨 재난지원금으로 나눠 준 지역화폐가 찢어져서 반절만 왔다는 것이다. 1인당 20만 원을 지급했으니 지역화폐 1만 원권 20장이 아니라 19장 반이 들어 있었다는 것이다. 할머니는 직원에게 화를 내며 막무가내로 바꿔 달라고 하셨다. 직원은 늘 있는 일인 것처럼 할머니를 달래면서 새로운 지역화폐로 교환해 주었다.

　할머니가 가시고 직원들의 이야기를 들어 보았다. 지역화폐도 역시 돈인지라 농협 직원들이 봉투마다 4번씩 확인한다고 한다. 일단 거기에서 착오가 없었고 만약 착오가 있다고 해도 1장이 부족하여 차라리 19장이 들어 있다면 이해가 가는데 19장 반, 그것도 찢어진 화폐가 들어간다는 것이 이해가 안 된다는 것이다.

직원이 생각해 볼 때, 지역화폐 20장이 들어 있는 봉투를 개봉하다가 아마도 종이봉투와 함께 지역화폐가 찢어지지 않았을까 싶다고 했다. 만약 그랬다면 어차피 손실분을 예비로 가지고 있어서 찢어진 화폐를 가져와서 사정을 말씀하시고 바꿔 달라고 하면 될 것인데, 마냥 화부터 내고 윽박지르니 어른들을 대하는 일들이 힘들다고 토로하셨다.

늘 그렇지만 일이 힘든 것이 아니라 사람이 힘들다. 살아갈수록 일보다 사람에게 상처받는 일이 많은 이유다. 시골에 있으면서 가장 답답하고 황당할 때가 이럴 때이다. 사건의 형편이나 까닭이 없다. 그저 '해 달라' '해결하라'라는 명령만 있다. '나만 옳다'는 자기주장만 있다. 때때로 부당한 요구를 할 때가 있다. 그러니 타협의 여지가 없다. 떼를 쓰는 유치원생의 그것보다 더 유치할 때가 많다.

나는 성숙의 기준을 존중과 배려에서 찾는다. 사람이 '성숙하다'라는 것은 너와 내가 다르지 않음을 생각하면서 상대방을 귀하게 여기고 높이면서 마음을 써서 보살피고 도와주는 것이다.

친구 목사와의 대화가 생각난다. 19살, 나이를 먹으면 성인이 되지만 나이를 먹는다고 어른이 되는 것은 아니라고.

가만히 있으면 성인이 되지만 어른은 부단히 노력해야 하는 것이라고. 어른이 된다는 것은 성숙해야 하기에.

그래서 나는 자주 그리워한다. 한 명의 어른과 그에게서 풍겨 나오는 성숙의 향기를.

옛 사진

옛 사진을 보다가 오늘의 모습과 비추어 본다.

한복 치마 부여잡고, 어린아이 등 뒤로 둘러업고, 솥단지와 음식 재료 준비하여 소달구지로 옮겨 싣고, 울퉁불퉁 자갈밭 위로 이동하여 큰 돌 위에 솥단지 올려놓고 장작으로 불 피워, 점심 한 끼 해 먹었을 당시의 고됨을 생각하니 머리가 지끈지끈하다.

물론 당시의 낭만과 기쁨이 있었겠지만, 오늘날의 캠핑용품과 코펠 무엇보다 부탄가스 버너가 있음에 감사하는 것은 그저 나만의 생각인가.

지금이 좋은 세상인지는 더 생각해 볼 일이지만, 적어도 그때보다 좀 더 나은 세상을 살고 있으니. 참으로 편한 세상을 살고 있으니. 불평하지 말지어다. 감사하며 살지어다.

오일장 뒷모습

우리는 앞만 보고 살지만 실상 앞의 당당함보다는 뒷모습이 더 많은 것을 말하고 있을 때가 있다.

봄날의 오일장 풍경.

다리와 무릎, 허리가 아파서 잠시라도 주저앉지 않으면, 무엇이라도 붙잡지 않으면 견디기 힘든 고단함을 늘 안고 살아가는 시골 노인의 일상.

　자식과 가족을 위해 평생을 살고 보니 이제는 내 한 몸 가누기도 버거워 한 걸음 걷고 한 번 쉬고 거친 숨을 몰아쉰다.

　내가 어찌할 수 없지만, 오늘도 이곳을 지키며 살아가는 이유는 그래도 잘 살아왔노라고. 그대들의 고됨이 결코 헛되지 않았노라고 말 한마디 해 드릴 수 있어서. 때론 손과 발이 되어 드릴 수 있을까 하여 고단한 시골살이 기쁘게 감당하며 살아가고 있다.

　평생을 지고 온 이들의 삶의 애환과 무게는 걷는 이의 뒷모습에서 볼 수 있다. 그래서 때로는 가만히 걸어가는 어른들의 모습을 지켜보곤 한다.

오늘도 수리 중

시골교회에 어려운 점은 목사가 다 알아서 해야 한다는 것이다. 딱히 도움받을 사람도 부탁할 사람도 없기 때문이다. 기술자를 부르자니 출장비가 만만치 않고, 그렇다고 도시처럼 빨리 오지도 않는다. 그러니 맨땅에 헤딩하듯이 아쉬운 사람이 고치게 된다.

십자가 첨탑에 설치된 오래된 타이머가 고장이 나서 점등이 되지 않았다. 몇몇 성도들은 십자가에 불이 들어오지 않는다고 지적할 뿐 어느 하나 나서지를 않는다.

말이라도 따뜻하게 하면 좋으련만…. 지적하는 말 하나하나가 목사가 게을러서 혹은 관심이 없어서 고치지 않는다는 투로 들린다.

'존경을 바라지 않고 존중을 바라지만 이 또한 욕심이었구나….'

스스로 답을 내릴 때 마음속에 자리 잡는 참담함과 슬픔을 이루 다 말할 수 없다. 이런 말들을 대부분 흘려보내 마음에 담아 두지 않으려 하지만 시골 목사도 사람인지라 마음속 저기 언저리에 남는 희미한 비난의 잔상은 어찌할 수 없는 일이다.

아무리 교회에 관심이 없다고 한들 마음에 교회와 성도를 품고 매일 돌아보는 목사가 일주일에 한두 번 오는 성도에 비해 관심이 없겠는가. 마음이 없겠는가.

전기나 기계에 대해 알아서 고치는 것도 아니고 하다 보면 알게 되는 것이라 설명서를 보며 전자식 타이머로 교체했다. 다만 어려운 점은 높은 곳을 싫어하는 내가 후들거리는 다리를 부여잡고 사다리를 오르내려야 했다는 점이다. 그래도 이제는 십자가 점등 시간을 때마다 수정하지 않아도 되니 한결 편해진 셈이다. 다 좋게 생각할 일이다.

시골 목사로 산 지 5년. 교회를 수리하고 새롭게 하는 일은 전적으로 목사의 일이었다. 어제오늘의 일도 아니고 자질구레한 비난과 지적에 초연할 때도 되었건만 아직도 발끈하는 모습에서 미숙한 내면의 정도를 가늠해 본다.

교회도 수리 중, 성도도 수리 중, 나도 수리 중,

아무튼 수리 중 ,어쨌든 수리 중.

오늘도 수리 중.

고생

때로는 고생이 고생으로 끝나지 않는 것들이 있다.

반복되는 건조한 일상에서 싱그런 생기를 만드는 미소.

더불어 사는 고된 오늘에서 작은 도움이 되기 위해 내민 손길.

누군가에게 무엇이라도 되어 사소한 의미를 만들어 가는 사랑.

고생이 고생으로 기억되지 않는 것들이 있다.

함께 걷기

버거운 짐을 나누어 가지는 것.

너의 무게를 기꺼이 나의 것으로 받아들이는 것.

앞을 보며 너에게 집중하는 것.

너는 네가 아니라 바로 나이기에.

함께 걷는 이 길이 고되지 않음은 너와 내가 아니라 우리이기에.

살다 보면
알게 될 거야

과거의 굴레 속에서

어버이날 편찮으셔서 교회에 나오시지 못하는 집사님을 찾아뵈었다. 집사님은 젊은 날 등사기로 교회 주보를 만드시며 등사쟁이로 섬기셨다. 몇 해 전 여든 살이 넘은 나이에 무릎 관절 수술을 하셨다. 고령을 생각하면 수술하지 않는 것이 좋으나 극심한 통증으로 다른 도리가 없었다. 문제는 회복 과정에서 치매가 오셨다. 가끔 식사나 간식을 가지고 찾아뵐 때면 반복해서 하시는 말씀이 있다. 바로 6·25전쟁 중의 일이다.

집사님의 아버지는 당시 면장을 지내셨다. 6·25전쟁이 일어나고 북한 공산군이 내려오면서 이 지역의 숙청 1순위가 되었다. 그래서 한동안 산 속에 들어가 아버지와 큰형이 도피 생활을 해야 했다. 둘째였던 집사님은 아버지와 형을 위해 먹을 것을 약속된 장소에 숨겨 두고 오기를 반복했다. 이런 상황에서 집사님은 공산군에게 붙잡혀 모진 구타와 고문을 받았다고 한다. 그때 나이가 18세쯤 되었을 때다. 물 한 모금 주지 않고 때리는데 참으로 지독한 놈들이라고 하셨다. 하지만 아버지와 형의 도피 생활이 오래되지 못하고 결국 공산군에게 붙잡히고 말았다.

함께 붙잡혔던 사람들과 처형을 당하기 전, 죄의 경중을 따져 한 줄로 줄을 세웠다고 한다. 사상적 기준에 따라 당시 면장을 지냈던 아버지가 맨 앞에 섰다. 그리고 첫째 형은 줄의 맨 마지막에 서게 되었다. 먼저 죽냐, 마지막에 죽냐에 차이는 있었지만 결국 죽는 것은 자명한 사실이었다. 그런데 총을 쏘는 사람이 맨 앞에 있는 아버지부터 쏘는 것이 아니라 맨 뒤에 있는 형부터 총을 쏘았다는 것이다. 형은 총을 맞고 즉사했고, 뒤에서부터 앞으로 사람들이 죽기 시작했는데, 아버지는 어차피 총에 맞아 죽으나 날망(낭떠러지)에서 떨어져 죽으나 죽기는 매한가지라고 생각하고 날 망에 몸을 던졌다. 다행히도 나무에 여러 번 부딪혀 살아 돌아올 수 있었다.

집사님은 80년 인생, 거의 90년 인생 중에 수많은 사건이 많이 있었음에도 늘 그때의 이야기를 하신다. 집사님은 나에게 처음으로 하시는 이야기라 생각하시고 말씀하지만 아마도 헤아려 보건대 7-8번은 들은 듯하다. 집사님은 늘 그 시간으로 돌아가신다. 그리고 그 시간에서 살고 계신다.

왜 하필 그때일까? 집사님의 말에서 단서를 찾을 수 있을 것 같다. 집사님은 아버지와 형의 위치를 말하라고 폭행과 고문을 당할 때, 죽을 것 같은 고통 속에서도 위치를 말하지 않았다고 한다. 늘 나에게 말씀하신다. "목사님, 나는 끝내 말하지 않았습니다!"
형을 지키지 못했다는 죄책감이었을까? 형을 살리지 못했다는 후회였을까? 이제는 돌아갈 수 없는, 돌이킬 수 없는 지난 과거의 기억 속에서 살아가고 계신다.

누가 집사님을 이 고통 속에서 끄집어낼 수 있을까. 이 고통을 누가 책임질 수 있을까. 이념적으로, 사상적으로, 정치적으로 앞에 서서 나불대는 사람은 넘쳐 나도 한 개인이 겪었던 고통과 아픔, 눈물에 귀 기울여 주는 이는 어디에도 없다.

아내가 만든 뜨개질 카네이션 브로치를 달아 드리고, 기도하며 나오는 길. 하늘이 유난히 맑았다. 그러나 맑은 하늘 아래 살아가는 우리와 달리, 홀로 어두운 6.25 아픈 과거의 기억 속에서 사는 집사님을 생각하니 마음이 미어져 온다.

주여. 우리를 도우소서.
주여. 집사님을 도우소서.

고추 농사

4월 말, 5월 초가 되면 자주 사용하는 인사말이 있다. 바로 "고추 모 심었어?"이다. 보통은 "잘 지냈느냐? 식사했느냐?"로 인사하지만, 이맘때가 되면 시골의 모든 관심은 고추 모종에 쏠려 있다.

특별히 고추 모종을 심었는지 궁금해하는 까닭은 모종을 심는 시기가 애매하기 때문이다. 한낮은 더워 초여름 날씨를 하고 있지만, 저녁과 아침으로 최저 기온이 5도 이하로 떨어지는 날이 대부분이다. 몇 해 전, 5월 초에도 눈이 내린 것을 생각해 보면 이곳 날씨를 짐작해 볼 수 있다.

농촌지도소에서는 빨라도 5월 8일 이후에 고추 모종을 심는 것을 추천하고 있는데, 그도 그럴 것이 무주의 날씨가 여름의 얼굴을 하고 있지만 최저 기온이 낮아 자주 서리가 내려 일교차가 매우 커 농사를 짓기에는 불리한 조건을 가지고 있기 때문이다. 그래서 올해 심은 감자가 서리를 맞아 많이 죽었다는 말도 들리고, 올해 꽃이 일찍 피었는데 서리로 인해 매화꽃이 얼어 매실 농사를 망쳤다는 소식도 제법 들려온다.

고추도 모종을 일찍 심은 경우, 서리로 얼어 죽거나 혹은 살아남았다 해도 추운 날씨로 인해 생장에 부정적 영향을 받게 되어 뿌리를 내리지 않는다. 보통 서리를 맞거나 최저 기온이 5도 이하로 떨어지면 식물의 생장이 2주 정도 지연된다고 하는데 제대로 뿌리내리기 위해서는 그 이상의 시간이 필요하게 된다.

이곳 어르신들이 오랜 기간 농사지은 경험을 근거로 판단했을 때, 대략 5월 10일 이후에 고추 모종을 심으면 되는 일인데, 다른 사람들과 경쟁하듯이 모종을 심는 것을 보면 나로선 이해되지 않는다. 그리고 보면 느긋할 것 같은 시골 사람들의 성격이 매우 급한 것을 자주 목격하게 된다. 번갯불에 콩 볶아 먹는 것도 답답하여 비린 콩을 씹어 먹을 사람도 태반이다.

남보다 빨리 심어 빨리 수확하고 싶은 마음도 있을 것이고, 해야 하는 여러 일 중에 빨리 처리하고 싶은 마음도 있겠지만 그렇다고 굳이 날씨를 가지고 도박할 필요는 없는 것이다. 일주일 빨리 심어 서리 맞아 생장이 늦어지는 것과 일주일 늦게 심어 잘 자라는 것을 비교해 보면 결과적으로 크게 다르지 않은 것을 본인들이 더 잘 알지만, 일주일 먼저 심고 저녁마다 서리 올까 봐 전전긍긍하는 모습들을 마주할 때마다 몸이 힘들면 맘이라도 편해야 하는데 스스로 힘들게 살아가는 모습이 안타깝기만 하다.

사람 마음이 그렇다. 일 년을 농사짓는데 일주일 기다리기가 참 어렵다. 결국 지나고 보면 큰 차이 나지 않는데 그렇게 조급하게 살아간다. 요즘 시골의 풍경을 보며 많이 느낀다. 일주일이 일 년 농사를 좌우할 수 있다. 그러면 조금 돌아가도, 조금 늦게 가도 괜찮다. 하루빨리 심을까, 하루 늦게 심을까 전전긍긍하기보다 전체를 볼 필요가 있다. 사소한 것에 매몰되어 살아가기에는 우리 앞에 놓인 것들이 참으로 많이 있다.

마을 어르신이 친구와 이런저런 이야기를 하시면서 말씀하셨다.
"이런 젠장!!! 내가 고추 모를 심으면 꼭 서리가 와!!!"
"농사 더러워서 못 해 먹겠네!!!"
"작년에도 서리 맞았는데 올해도 서리 맞았어."
"고추 농사 때려치우든지 해야지!!!"

속으로 하는 말이지만…. 어르신이 고추 모를 심으시면 서리가 오는 것이 아니라 늘 급해서 먼저 심으시니 서리를 맞으시는 거예요. 날씨가, 서리가 잘못한 것이 아니라 어르신이 조급해서 서리를 맞으신 겁니다. 그렇게 급하시면 다른 작물을 하셔도 괜찮으실 텐데.

날씨는 매년 비슷한데, 어쩌면 한결같은데,
괜스레 뺨 맞는 날씨는 서러울 뿐이다.
자기 탓만 하는 날씨는 억울하기만 하다.

오늘의 온도

낮에는 20도가 넘는 무더운 날씨지만 저녁과 새벽에는 영상 5도 이쪽 저쪽을 오간다. 낮만 생각해 보면 초여름인 것 같은데 막상 저녁이 되면 아직은 봄인 것을 깨닫게 된다.

아무리 한낮의 날씨가 무덥고 최고 기온이 높아도 여름이 될 수 없는 이유는 최저 기온이 낮기 때문이다. 봄이 여름이 아니라 봄인 이유는 바로 보이지 않는 숨겨진 기온에 있다. 감추어진 밑바닥 온도에 있다.

사람도 크게 다르지 않다. 우리는 늘 높은 것을 소망하고, 위를 희망하며 살아가지만, 그 사람의 됨됨이는 보여지는 모습에 있지 않고, 보이지 않는 그 밑바닥에 있는 것이다. 좋은 감정으로, 혹은 좋은 상황에서 다른 사람을 대할 때면 늘 좋아 보인다. 겉모습만 보면 늘 좋게 보인다. 그렇다고 그 사람을 '좋은 사람'이라 평하기는 한계가 있다. 그 사람의 밑바닥을 보아야 어떤 사람인지를 알 수 있다. 좋지 않은 상황일 때, 상한 감정 속에 있을 때, 혹은 갈등의 대척점에 있을 때, 상대방을 대하는 태도야말로 그 사람의 인격과 품성을 보여 준다. 분노의 감정이 이성을 사로잡을 때, 감정이 태도가 되어 짜증으로 사람을 대할 때, 무의식적으로 상대방을 하대하며 행동할 때, 사소한 일을 대하는 일상의 모습에서 그 사람의 본모습을 발견할 수 있다. 그렇기에 사람도 숨겨져 감추어진 밑바닥의 모습을 잘 관리해야 한다. 잘 가꾸어 가야 한다. 감추어진 것은 보이기 마련이고, 숨겨진 것은 드러나기 마련이다.

계절을 '좋다' '나쁘다'로 평가할 수 없지만, 계절의 온도만큼은 판단할 수 있는바, 나의 온도만큼은 내가 만들어 갈 수 있다. 오늘의 온도만큼은 내가 선택할 수 있다.

봄은 봄으로, 여름은 여름으로, 가을은 가을로, 겨울은 겨울로 있을 때 아름답다. 봄의 얼굴을 하고 겨울 온도로 살아간다면 그것만큼 딱한 것도 없을 것이다. 거짓의 얼굴을 하고 타인의 온도로 살아간다면 그것만큼 슬픈 것도 없을 것이다. 나는 과연 어느 계절의 어느 온도로 살아가고 있는가.

스승 목사님의 말씀이 생각난다. 목사는 강단에서 외치는 모습이 아니라 설교가 끝나고 강단에서 내려오는 순간 진짜의 삶이 시작된다고, 강단

위의 모습이 아니라 강단 아래의 모습이 진짜 자기 모습이라고.

　나는 비록 자랑할 만한 성자의 삶은 아니라 할지라도 그저 나에게 부끄럽지 않은 거짓되지 않은 모습으로 살아가고 싶다. 나의 온도를 지키며, 나의 숨결을 지키며, 나의 얼굴을 지키며. 내가 나인 이유를 만들어 가야 할 숙제가 오늘 나에게 놓여 있다.

덕분에

주일 오후 예배를 마치고 장례식을 위해 곧장 길을 나섰다. 다음 날 새벽예배 전까지 돌아올 수 있으려나.

내가 이곳 무주에 오기로 결정했을 때, 가장 먼저 걱정과 위로를 전해 주셨던 장로님이 계셨다. '시골목회가 많이 힘들 텐데… 어떻게 하느냐….' '내가 도울 수 있을 방법을 간구하겠다'며 등을 토닥여 주셨다.

가다 서기를 반복하는 고속 도로 위. 오랜 시간 운전하며 그때의 일을 추억했다. 장로님은 무엇을 보고 애송이 목사에게 먼저 손을 내밀어 주셨을까? 나조차도 손 내밀지 못하던 그때의 나에게 기꺼이 손 내밀어 주실 수 있었을까?

생각해 보건대 나로 인함이 아니라 장로님이 선하셨기 때문이다. 넓디넓은 마음으로 나를 품어 주신 것이다.

천국으로 환송하는 마지막 배웅을 위해 왕복 9시간이 넘도록 운전했다. 운전하는 내내 비는 왜 이리 오는지. 눈앞이 선명하였다가 희미하였다가. 빗물이었다가 눈물이었다가.

　어려울 때 위로의 말 한마디는 평생을 살게 하는 힘이 있다. 두려울 때 내민 손은 오늘을 살아야 할 이유가 된다. 그 위로를 5년 동안 가슴에 품고 살았으니 땅끝이라도 가지 않을 이유가 없다.

　가깝고도 먼 이곳과 저곳의 거리. 기약 없는 이별 앞에서 훗날 우리 다시 만나게 된다면, 애송이 목사를 기억하시고 마중 나오신다면 그때는 내가 먼저 손 내밀어 두 손 꼭 잡아 드릴 참이다.

　덕분에 견디었습니다.
　덕분에 감당했습니다.
　덕분에 살았습니다.

　받은 것은 많은데 이제는 갚을 길 없으니, 켜켜이 쌓이는 죄송함을 어이할꼬.

살다 보면
알게 될 거야

팔순 잔치

지난주 토요일은 권사님의 팔순 잔치가 있었다. 시골에서 돌잔치는 찾아볼 수 없어도, 칠순 잔치, 팔순 잔치는 빈번하게 있다. 이번 달에만 팔순 잔치가 2번이다. 우리 교회뿐 아니라 마을의 잔치까지 생각해 보면 매주 토요일마다 잔치가 있다.

어르신들이 나이가 들어서 자기 팔순 잔치도 자주 잊어버리신다. 이틀 전에야 잔치가 있는 것을 말씀하셨다. 한 시간 전에 갑자기 집에서 예배를 드려 달라고 말씀하셨다. 대중없다. 그러니 헤아릴 수가 없다. 그래도 좋은 일이니 기쁨으로 감당할 일이다.

권사님 댁에서 팔순을 기념하여 자녀들과 예배를 드렸다. 남편 장로님께서 갑작스럽게 하나님의 부름을 받고 2년이 지났다. 예배를 드리면서 장로님의 빈자리가 더욱 크게 느껴졌다. 자식들이 있어서 말은 하지 않지만, 예배 내내 권사님이 눈물을 닦으셨다. 나와 맘이 다르지 않았을 것이다.

장로님과 권사님은 참으로 고된 인생을 사셨다. 구약의 욥보다 더하지는 않겠지만 적어도 마을의 다른 사람들보다는 더욱 고된 삶을 사셨다. 없는 형편에 이사도 많이 다니고, 고생도 많이 하고, 눈물도 많이 흘렸다. 남의 집 머슴을 살기도 했고, 학교에 있는 축사에서 말과 소를 돌보는 일도 했다. 이 시골에 들어와 남의 밭에서 농사지으며 자식들을 공부시키고 출가시켰다. 그리고 오늘 팔순을 맞은 권사님은 홀로 생일상을 받고 있다.

예배를 마치고 자녀들과 함께 사진을 찍었다. 날이 좋았다. 볕이 좋았다. 잠깐이었지만 따뜻한 볕이 위로가 되었다. 권사님이 인생 말년에 욥이 그러하였던 것처럼 많은 복을 누렸으면 좋겠다. 고된 인생만큼 보상받았으면 하는 바람이 있다. 그럴수록 남편의 빈자리가 생각이 나겠지만, 남편이 더욱 생각나도록 웃을 일들이 더욱 많아졌으면 좋겠다.

죽어야 끝나지!!!

주일 새벽에 집사님께서 일하시다가 사고를 당하셨다. 경운기가 밭에 빠졌는데 트랙터로 경운기를 꺼내다가 전복되면서 목과 어깨를 크게 다치셨다. 119 구급차를 불러 대전에 있는 대학병원에 이송되셨다. 다행히도 죽음보다 구급차가 먼저 도착했다.

사고 현장을 가 보니 어찌나 피를 많이 흘렸던지 피비린내가 진동을 한다. 걱정한 것보다는 의식도 있으시고, 사지를 쓰실 수 있다. 정밀 검사 후에 봉합 수술을 잘 마쳤다. 집사님의 아내는 서 있을 힘도 없다고 하셨다. 그도 그럴 것이 상의가 피에 흠뻑 젖었으니 얼마나 놀라셨겠는가.

처음 시골에 부임했을 때, 어르신들께 잔소리를 많이 했다. 나이가 들었으니 농사짓지 말고, 일하지 말라고. 그러나 이곳에 오래 살아 보니 풍토가 그렇지 않음을 알았다. 몸이 아파 일하지 않으면 마을 주민들에게 따가운 눈총을 받게 된다. '왜 땅을 놀리느냐?'는 것이다. 쉬자니 눈앞에 빈 땅이 있으니 '놀면 뭐 하나 소일거리라도 하자'는 심정으로 다시 일한다. 무엇보다 시골 어르신들 머릿속에는 일하지 않으면 몸을 쓰지 못하기 때문에 일찍 죽는다고 생각하신다. 그러니 자의든 타의든 어찌 되었건 일을 하지 않으면 안 되는 이곳의 문화가 있는 것이다.

그래서 지금은 일하지 말라는 말 대신에 나이 먹어 가는 만큼 비례해서 일을 줄이라고 당부한다. 그러나 당부는 당부로 끝날 뿐 지켜지는 것은 없다. 나이를 먹어 갈수록 일을 줄여야 하는데 스스로는 나이 먹는 것을 느끼지 못하고 예전과 같다고 생각하니 해를 거듭할수록 더욱 몸이 고되어진다. 나이가 80이 넘었는데 20대처럼 일하려고 하니 몸이 성할 리가 있겠는가.

평생 일을 하다가 몸이 다 망가지고, 망가진 몸으로 고통 가운데 밤에 잠을 청하기도 버겁다. 그러면서 더 오래 살 것을 기대하며 더욱 농사에 매진하다 죽기 전날까지도 밭을 일군다. 농사지어 돈이라도 많이 벌면 이해가 가련만 빚이나 지지 않으면 다행인 소규모 농사에, 하면 할수록 빚만 늘어난다. 누구를 위한 일인가 싶다. 지켜보는 시골 목사의 시선에서는 당최 이해되지 않는다. 때로는 '불이라도 확 싸질러야 그만할까' 하는 생각도 들기도 하지만 나만의 생각일 뿐 여전히 호미질 소리 그치지 않는다.

아무리 좋은 약이라도 과용하면 독이 된다. 만병통치약이 있다 하더라도, 나에게 꼭 필요한 약이라 하더라도, 나를 살리는 약이라 하더라도 복용량을 넘어서면 독약이 된다. 그럼에도 오늘날 시골의 어르신들은 스스로 독약을 마시며 오래 살 것을 기대하고 평생을 살 것을 소망한다.

87세의 집사님. 작년 이맘때 집사님은 산에서 나무를 하다 굴러서 머리와 눈두덩이를 다치시고, 갈비뼈 2개가 골절되었다. 그때에도 하나님의 은혜로 살았다고 할 정도로 큰 위기를 넘어갔다. 죽음이 비껴간 것이다. 이번의 사고도 죽음이 비껴갔다. 언제까지 도박하듯 죽음이 비껴가기만 바라야 하는 것일까.

장마가 시작되었다. 비라도 끊임없이 내려야 밖에 나와서 일하지 않고 조금이라도 쉬지 않을까 싶다. 아니다. 틀렸다. 길가의 밭을 보니 앞이 보이지 않는 장대비에도 우비를 쓰고 일하는 노인들이 있다. 시골에는 죽어야 끝나는 일이 많다.

아들이 뭐길래!

올해 팔순 잔치를 하신 권사님이 갑자기 몸이 붓고 구토 증세가 있어서 대학병원에 입원하셨다. 검사를 해 보니 신장이 좋지 않았다. 알고 보니 아침, 저녁으로 진통제를 오랫동안 먹어 오셨다. 약의 독성으로 인하여 신장에 영향을 준 것이다.

평생을 이 오지, 골짝에 시집와서 평생을 농사지었다. 남편을 일찍 보내고, 남편 같던 사랑하는 첫째 딸도 심장마비로 갑자기 보냈다. 돌아보니 나그네 인생처럼 객으로 살았던 인생이었고, 웃을 일보다는 눈물 흘린 일이 많은 참으로 고된 인생이었다.

그 와중에 낙이 있었으니 그것은 바로 아들이었다. 권사님뿐 아니라 시골에서는 장남, 첫째 아들이 그리도 중요하다. 시대가 바뀌었다고 하지만 어르신들의 연세가 70-80세이시니, 젊었을 때 가진 남아 선호 사상은 이들 머리 중심에 자리 잡고 있다. 아들만 보면 힘이 나고, 아들이 있어서 이 풍진세상을 살 이유가 생겼다.

그러나 그 아들은, 어머니가 죽음으로 가까이 가고 있는 것을 깨닫지 못하는 것 같다. 내가 볼 때, 모른 척 외면하는 것처럼 보인다. 아내가 밖에서 일하기에, 아들 혼자 농사지을 수밖에 없는데, 해를 더해 갈수록 일을 늘려 가고 있다. 깜냥은 되지 않는데 욕심만 있다. 그리고는 자기 일을 어머니에게 전가하고 있는 것이다.

어머니는 어머니여서 아들이 고생하는 것이 참으로 싫다. 그래서 평생을 자식 뒷바라지하느라 부서진 몸을 다시 부여잡고 밭으로 나간다. 이때 필요한 것이 진통제였다. 근육 이완제였다. 수년 동안 매일 약을 먹지 않으면 잠을 자지 못했다. 고통이 몸을 떠난 적이 없었다. 어머니는 그 잘난 아들을 걱정하는데 어머니를 걱정하는 사람은 이 세상에 아무도 없다. 도리어 남인 시골 목사만 걱정하는 듯싶다.

의사는 처방을 내렸다. 지금껏 먹고 있는 모든 약을 끊으라고 하였다. 진통제뿐 아니라 심장약, 고혈압약부터 모든 약을. 그리고 물이 오염되었을 수 있으므로 마을 물이 아니라 생수를 사다 먹으라고 하였다. 평생을 물값을 내지 않고 살았는데 정수기는 고사하고 생수를 사 먹을 수 있을까.

마트에서 생수를 사서 권사님 댁을 찾았다. 여전히 집은 비어 있다. 그놈의 아들네 일을 하러 밭으로 나가셨다. 권사님이 예배 후에 고맙다고 훌쩍이신다. 물값이야 얼마나 된다고. 생수 사다 놓은 것이 뭐 얼마나 대단한 일이라고.

목회를 하면서 장례를 많이 치른다. 장례를 치르며 가만히 지켜보면 부모의 장례에서 유난을 떠는 사람이 있다. 십중팔구는 평소에 부모를 잘 모시지 못한 자식이다. 반면 극진히 부모를 모신 자식은 도리어 덤덤하게 부모의 죽음을 받아들인다. 부모 생전에 자신이 할 수 있는 모든 것을 했으니 그것으로 위안으로 삼는 것이다. 평소에 부모에게 따뜻한 식사 한 번 대접하지 않는 자식이 어찌나 제사상은 부러지게 차리는지. 죽어야만 대접받을 수 있다면 어찌 슬프지 않을 수 있겠는가.

아… 생각해 보니 나도 장남이다. 남 말할 것이 아니다. 남의 부모 챙기는 것의 10분의 1이라도 내 부모에게 한다면 그것으로도 충분히 행복하게 할 수 있을 것이다. 그러나 목회에 매여 이곳을 쉬 떠날 수 없으니 매일 안부를 묻는 것으로 위안을 삼는다. 전화 한 통에 만족해하는 어미는 그것으로 충분하다 한다. 참… 자식이 뭔지. 아들이 뭐길래!!! 어미는 아들만 보며 살아가고 있다.

살다 보면
알게 될 거야

무채색 인생

그 사람의 됨됨이를 평가하곤 했다. 얼마나 조리 있게 말하고, 얼마나 논리적으로 생각하며 얼마나 당당하게 말하는가. 대부분 그 사람의 입을 주목하곤 하였다.

나이를 한 살 한 살 먹어 가면서 사람 보는 기준이 많이 바뀌었다. 이제는 어떤 말을 하는가보다 내뱉은 말을 살아 내는가에 주목한다. 그렇기에 즉시 판단하지 않고 가만히 지켜보곤 한다.

사람의 진심은 말에 있지 않고 살아온 시간에 놓여 있다. 그가 걸어온 길에 진심이 담겨 있다. 얼마나 진실하게 살아왔는가. 얼마나 행동하며 살아왔는가. 사람이 걸어온 발자국을 보면 그 사람의 진심과 속내를 알 수 있다.

비록 화려하진 않아도 자신의 무채색 인생을 뜻있게 살아가는 사람. 이런 이들의 앞날을 응원한다.

사랑이 많으신 하나님

시골 생활에서 가장 힘든 점은 최소한의 의료 서비스를 받을 수 없다는 점이다. 병원에 가기 위해서는 읍까지 나가야 하는 데 20분이 걸린다. 119를 불러도 오는 데 20분, 가는 데 20분, 왕복 40분이 걸린다. 그러니 응급 상황에서 병원의 도움은커녕 병원에 닿기도 전에 상황이 끝나 버릴 수 있다. 구급차보다 죽음이 먼저 올 수 있다.

8월 15일 광복절 밤, 늦은 시간에 아내가 몸에 이상을 느꼈다. 심장이 빠르게 뛰고, 가슴이 답답하고, 온몸이 저릿저릿한 증상이 계속되었다. 이러다가는 정신을 잃을 것 같다고 하였다. 너무 갑작스러운 일이었다.

지역에 의료원이 있지만 마음이 내키지 않았다. 전에도 어르신을 모시고 응급실을 방문한 적이 있는데 "이곳에서 할 수 있는 일이 없으니 큰 병원으로 가 보라."는 말만 하였다. 그 이후로 지역 의료원을 신뢰하지 않는다. 지역 의료원에 가서 시간 낭비하느니 차라리 시간이 걸려도 도시에 있는 2차 병원, 즉 종합병원으로 가기로 했다.

여기에서 갈 수 있는 곳은 대전 아니면 전주이다. 이곳에서 아무리 못 잡아도 1시간은 소요된다. 내비게이션을 켜 보니 1시간 30분으로 나왔다.

살다 보면
알게 될 거야

119를 부르자니 도착하는 시간도 최소한 20분이다. 마냥 기다리고 있느니 전주로 나가는 길에 119가 있으니 가다가 도움을 받기로 하였다. 마을 모두가 잠든 시간에 아이들을 맡길 곳이 없어서 편도선염으로 고열에 시달리는 첫째와 배탈이 나서 칭얼거리는 둘째를 차에 태우고 길을 나섰다.

'운전 중에 혹시나 실신은 하지 않을까?' 하는 두려움이 컸지만, 딱히 방법이 없었다. 1시간 30분이 걸리는 길을 대략 40분에 도착했다. 저녁 늦은 시간이라 차가 없기도 했지만, 어릴 적부터 다녔던 길이라 가능했다. 응급실에 도착하여 심장과 관련된 검사를 진행했다. 시간이 지나니 조금씩 안정을 찾았다. 검사 결과는 이상이 없다고 나왔다. 일시적인 현상이 아니었나 싶다.

이곳에서의 삶을 돌아보면 감사함으로, 은혜로 살았다. 하나님께 맡기며 사는 것 아니면 딱히 방법이 없었기 때문이다. 광야 생활 중의 이스라엘 백성들과 나의 처지가 그리 다르지 않았다. 이끄시는 대로, 인도하시는 대로 살아왔다. 이번 일도 감사함으로 넘겼다. 그런데도 걱정이 엄습해 온다. '이번에는 스쳐 갔으나 다음에 스쳐 가지 않으면 어쩌지? 이번에는 비껴갔으나 다음에 비껴가지 않으면 어떻게 하나?' 하고.

나는 기도하면서 자주 '사랑이 많으신 하나님'이라고 고백한다. 이 기도를 들으시고 한 선배 목사님은 '하나님은 사랑이시기에 사랑이 많고 적음을 표현하는 것은 잘못된 기도'라고 가르쳐 주시면서 '사랑의 하나님'으로 기도해야 한다고 하셨다. 내가 몰라서 그리 기도하는 것은 아니다.

아는 것과 경험하고 체험하는 것에는 큰 간극이 있을 수 있다. 이곳에서 나는 매 순간 하나님의 크신 사랑을 느낀다. 하나님의 크신 사랑이 아니고서는 오늘 하루를 살 수 없었다. 그렇기에 나에게 있어서 하나님이 사랑이신 것보다 하나님의 그 사랑이 나의 삶을 지탱하고 있음이 더욱 중요하다. 따라서 나에게 있어서 하나님은 '사랑이 많으신 하나님'이다. 이전에도 그랬고, 오늘도 그러하였고, 앞으로도 그럴 것이다.

하나님의 사랑이 나를 향하고 있기에 마냥 걱정으로 삶을 채우며 살 수는 없는 일이다. 걱정하고 불안해한다고 상황이 나아지지 않는다. 불안을 기대로, 걱정을 소망으로 바꾸어 가는 노력을 하고 있다. 그렇지 않으면 두려움이 나의 일상을 송두리째 인질로 잡기 때문이다. 오늘도 그래서 기도한다. "주님께서 여전히 선한 길로 인도하시리라." "여전히 우리의 일생을 책임지시리라."

살다 보면
알게 될 거야

마지막 이사

    은퇴 장로님이 집 뒤의 텃밭에서 넘어지셨다. 제법 높이가 있는 곳이었다. 처음에는 팔만 골절된 것으로 생각하고 무주에서 깁스를 하고 집으로 돌아왔는데 의식을 잃으셨다. 급히 119를 불렀지만, 이 지역에 구급차가 몇 대 있지 않은 데다, 당시 여러 곳에서 신고가 들어와서 구급차가 도착하는 데까지 40분이 걸렸다. 대학병원까지 이송되었지만, 여전히 의식이 없으셨고, 채 하루가 되지 않아 돌아가셨다.

    눈앞이 깜깜하고 아득하여 눈물만 났다. 가슴을 도려낸 것 같은 고통. 시골목회에서 마주한 깊이를 알 수 없는 참혹한 슬픔이었다.

    장로님은 어린 목사에게 작은 것 하나라도 주기 위하여 사택을 자주 찾아오셨다. 사택을 가장 많이 방문하신 분이시다. 언젠가는 연이어 4번을 오신 적도 있었다. 85세가 되니 기억력이 가물가물해지셔서 호박을 가져오시고, 오이를 가져오시고, 시금치를 가져오시고, 생선을 가져오시고.

    참으로 버겁고 힘든 시골목회를 버티게 하였고, 이곳에 있는 의미를 주신 분이셨다. 때론 답답함에 한숨 쉬고 있을 때, 오서서 등을 토닥여 주시며 위로해 주신 분이셨다. 나에게는 신앙의 선배였고, 스승이었고, 어머니였고, 할머니였다. 보는 것만으로 닮아 가고 싶었던 분이셨다.

어려운 시대에 태어나 없는 집에 시집을 왔다. 소유한 밭뙈기 하나가 없었다. 밭을 만들기 위해 산에서 돌을 골랐다. 애를 낳은 날도 돌을 골랐다고 한다. 여든이 넘은 오늘날에도 밭에서 돌을 고르셨다. '평생을 돌만 고르다가 인생 볼 장 다 봤다'고 웃으면서 이야기하셨다. 그 삶이 얼마나 고단하였을까.

젊은 나이에 시집와서 시어머니를 모시고, 남편의 4형제를 기르고 가르쳐서 대학에 보냈다. 4남 1녀의 자녀를 남 부럽지 않게 길렀다. 고생이란 고생은 다 하시며, 짐이란 짐은 혼자 다 짊어지셨다. 그렇지만 불평하지 않으셨고 묵묵히 그 삶을 살아 내셨다.

비록 형편은 어려워도 남에게 관대하였으며, 인색하지 않으셨다. 손 대접하기를 즐겨 하셨으며, 자신은 굶어도 남은 굶기지 않으셨다. 비록 장로님의 얼굴에는 주름이 많았으나 그의 신앙에는 주름 하나가 없었다.

살다 보면
알게 될 거야

부활절 아침이면 하얀 한복을 입고 그렇게 예배하셨다. 코로나로 주일 예배를 드리지 못하는 그때에도 혼자 나오셔서 기도하고, 찬양하고, 예배하셨다. 다른 이들의 눈에 보이기 싫어서 아무도 없는 시간에 교회를 찾아 그렇게 묵묵히 기도하셨다. 그녀의 기도 제목은 2가지였다. 첫째는 자녀들이 예수님 영접하는 것이었고, 둘째는, 교회가 사랑 안에서 든든히 서가는 것이었다. 평생을 자녀를 위해 사셨고, 교회를 위해 사셨다.

언젠가 부모님 없이 시설에서 자라다가 성인이 되어 시설에서 나오는 보호 종료 청년에 대하여 말씀드렸더니 얼마의 후원금을 가져오시면서 말씀하셨다. "좋으나 나쁘나 부모가 있어서 인생의 풍파를 견디는데, 부모가 옆에 없으니 그 삶이 얼마나 힘들겠습니까? 목사님 이 돈으로 따뜻한 밥 한 끼라도 사 주십시오!" 장로님의 성정은 늘 그러하였다. 타인의 아픔을 모른 척하고 넘어가지 않으셨다.

은퇴 장로님은 우리 마을에서 '안집'으로 불렸다. 마을의 '안주인'과 같으셨고, 마을의 '어머니'와 같으셨다. 마을의 모든 사람은 장로님을 사랑했다. 자기를 자랑하거나 드러내지 않으셨고, 화려하지 않으며, 정갈하셨고, 담백하셨다. 장로님의 삶은 늘 정돈되어 있었으며, 얼굴에는 온화한 미소가 있었다.

그녀의 삶이 얼마나 고귀하였던지… 동네의 많은 어르신이 멀리 대전에 있는 빈소를 찾으셨다. 평소에 거동도 힘드신 분들인데 지팡이를 짚고 장로님의 장례 예식에 참여했다. 너무 갑작스런 큰 슬픔에 가지 않을 수 없었던 것이다. '내가 먼저 가야 하는데, 선한 사람을 먼저 보냈다'라고 '천사를 먼저 보냈다'라고 눈물 흘리셨다. 그녀는 사람에게조차 인정받는 사람이었다.

나에게 바람이 있다면 이런 장로님이 100세까지 사시는 것이었다. 100세가 많다고 한다면 99세까지라도. 장로님은 그렇게 살아도 되는 자격이 있는 분이셨다.

하관 예배하는데, 비가 억수같이 쏟아졌다. 이 땅에서의 삶을 마치고 하늘나라로의 마지막 이사가 쉽지 않다. 떠나보내기 싫은 이들이 너무나 많기 때문일 것이다. 다들 우산을 쓰고 비옷을 입는데, 나는 감히 그러할 수 없었다. 내 사랑하는 이가 비를 맞고 있으니 함께 비를 맞을 수밖에 없었다.

진흙으로 푹푹 빠지는 길을 걸어 산에 올랐다. 탈관하여 시신을 석관에 모셨다. 모든 예식을 마치고 봉분을 만드는 얼마간의 시간 동안 내리는 비를 맞으며 그 자리를 지켰다. 살아온 만큼이나 떠나보내는 것이 쉽지 않다. 떠나보내기가 싫다.

내일은 장로님이 계시지 않는 교회에서 예배를 드려야 한다. 변한 것은 아무것도 없는데, 오직 장로님의 자리만 비어 있는 그곳에서 예배를 드려야 한다. 한동안 장로님의 자리를 보지 못할 것 같다. 먹먹해서. 보고 싶어서. 그리워서.

큰 슬픔은 이렇듯 급작스럽게 온다. 하지만 살아가는 이는 이 슬픔을 마주하며 견뎌 내야 한다. 이것이 마지막이 아니므로. 언젠가 예수 안에서 다시 만날 것을 기약해야 하기에 오늘의 삶에 부끄럽지 않게 살아야 한다. 오늘이 지나면 이 아픔이 조금이라도 무뎌지기를….

살다 보면
알게 될 거야

꽃길

주 예수와 동행하니 그 어디나 하늘나라

- 찬송가 438장 「내 영혼이 은총 입어」

주님과 함께 걸어가는 길.

비록 험난해도 이곳이 천국 아니겠는가.

비록 어두워도 언제나 꽃길 아니겠는가.

이 또한 사랑이어라!

그리스도인은 광야를 걸어가는 사람입니다. 어쩌면 내가 살아가는 곳이 광야일지도 모릅니다. 내가 감당해야 할 일이 광야의 일일는지도 모릅니다. 홀로 살아갈 수 없으며 한 치 앞도 장담할 수 없는. 건조하여, 생기를 찾지 못하는 광야. 그러나 누구나 저마다의 광야를 살아갑니다.

나에게 광야란, 나의 바람과 욕망, 나의 소망과 소원을 내려놓고 모든 것을 맡기며 살아가는 곳이었습니다. 그런 의미에서 이곳 두메산골에서 이루어지는 시골목회의 순간들이 광야로 다가왔습니다. 농촌에서 주의 일을 감당하는 매일의 삶이 바로 광야였습니다. 그럼에도 불구하고 광야의 삶을 기꺼운 것으로 받아들였던 것은 나의 주님이 오늘도 나와 함께 하심을 신뢰하였기 때문입니다.

광야이기에 황폐함을 당연한 것으로 받아들이고, 광야이기에 다가오는 시련을 기꺼운 것으로 흡수하면서 사랑이신 주님의 손길을 기대하며 걸어가는 것입니다.

걸어 보지 못하는 이는 알지 못하는 그래서 멀리서 지켜보는 이들은 결코 깨닫지 못하는 것들이 있습니다. 살아 봐야 이해할 수 있는 것, 살아 보면 느끼게 되는 것들이 있습니다. 살다 보면 알게 되는 것들이 있습니다. 인생이란 광야에서 느끼는 하나님의 사랑이 바로 그것입니다.

"내가 사망의 음침한 골짜기로 다닐지라도 해를 두려워하지 않을 것은 주께서 나와 함께 하심이라(시편 23:4)"

건조한 삶에도 손바닥만 한 작은 비구름 놓여 있으니.
어두운 삶에도 작은 빛 조각 앞길에 나리고 있으니.
주님께 오늘을 맡기며 걸어가는 기쁨이 있습니다.

그러니 이 광야의 삶을 홀로 걷지 않고 가족과 함께 살아갈 수 있음이 나에게는 '감사'입니다.
이 광야의 길을 외롭지 않게 성도님들과 함께 걸어갈 수 있음이 나에게는 '은혜'입니다.
이 광야에서 우리 주님의 살아 계심을 누리며 살아갈 수 있음이 나에게는 '축복'입니다.
함께하는 이 모든 것이 '사랑'입니다.

오늘도 누군가 인생의 광야에서 방황하는 이들을 축복하며.

주님과 함께 걸어가는 모든 것이 이 또한 사랑이어라.

에필로그

살다 보면
알게 될 거야

애송이 목사의 시골목회 이야기

ⓒ 이귀현, 2023

초판 1쇄 발행 2023년 12월 30일

지은이   이귀현
사진   이귀현
펴낸이   이기봉
편집   좋은땅 편집팀
펴낸곳   도서출판 좋은땅
주소   서울특별시 마포구 양화로12길 26 지월드빌딩 (서교동 395-7)
전화   02)374-8616~7
팩스   02)374-8614
이메일   gworldbook@naver.com
홈페이지   www.g-world.co.kr

ISBN   979-11-388-2650-1 (03810)